民間謎語全集

朱雨尊 編

民國滬上初版書·復制版

民間謎語全集

朱雨尊 編

上海三聯書店

图书在版编目(CIP)数据

民间谜语全集 / 朱雨尊编. ——上海:上海三联书店,2014.3
(民国沪上初版书·复制版)
ISBN 978-7-5426-4654-5
Ⅰ.①民… Ⅱ.①朱… Ⅲ.①谜语—汇编—中国 Ⅳ.①I276.8
中国版本图书馆 CIP 数据核字(2014)第 038661 号

民间谜语全集
编　　者 / 朱雨尊
责任编辑 / 陈启甸 王倩怡
封面设计 / 清风
策　　划 / 赵炬
执　　行 / 取映文化
加工整理 / 嘎拉 江岩 牵牛 莉娜
监　　制 / 吴昊
责任校对 / 笑然

出版发行 / 上海三联书店
(201199)中国上海市闵行区都市路 4855 号 2 座 10 楼
网　　址 / http://www.sjpc1932.com
邮购电话 / 021-24175971
印刷装订 / 常熟市人民印刷厂

版　　次 / 2014 年 3 月第 1 版
印　　次 / 2014 年 3 月第 1 次印刷
开　　本 / 650×900　1/16
字　　数 / 320 千字
印　　张 / 22.25
书　　号 / ISBN 978-7-5426-4654-5/I·839
定　　价 / 110.00 元

民国沪上初版书·复制版

出版人的话

如今的沪上，也只有上海三联书店还会使人联想起民国时期的沪上出版。因为那时活跃在沪上的新知书店、生活书店和读书出版社，以至后来结合成为的三联书店，始终是中国进步出版的代表。我们有责任将那时沪上的出版做些梳理，使曾经推动和影响了那个时代中国文化的书籍拂尘再现。出版"民国沪上初版书·复制版"，便是其中的实践。

民国的"初版书"或称"初版本"，体现了民国时期中国新文化的兴起与前行的创作倾向，表现了出版者选题的与时俱进。

民国的某一时段出现了春秋战国以后的又一次百家争鸣的盛况，这使得社会的各种思想、思潮、主义、主张、学科、学术等等得以充分地著书立说并传播。那时的许多初版书是中国现代学科和学术的开山之作，乃至今天仍是中国学科和学术发展的基本命题。重温那一时期的初版书，对应现时相关的研究与探讨，真是会有许多联想和启示。再现初版书的意义在于温故而知新。

初版之后的重版、再版、修订版等等，尽管会使作品的内容及形式趋于完善，但却不是原创的初始形态，再受到社会变动施加的某些影响，多少会有别于最初的表达。这也是选定初版书的原因。

民国版的图书大多为纸皮书，精装（洋装）书不多，而且初版的印量不大，一般在两三千册之间，加之那时印制技术和纸张条件的局限，几十年过来，得以留存下来的有不少成为了善本甚或孤本，能保存完好无损的就更稀缺了。因而在编制这套书时，只能依据辗转找到的初版书复制，尽可能保持初版时的面貌。对于原书的破损和字迹不清之处，尽可能加以技术修复，使之达到不影响阅读的效果。还需说明的是，复制出版的效果，必然会受所用底本的情形所限，不易达到现今书籍制作的某些水准。

民国时期初版的各种图书大约十余万种，并且以沪上最为集中。文化的创作与出版是一个不断筛选、淘汰、积累的过程，我们将尽力使那时初版的精品佳作得以重现。

我们将严格依照《著作权法》的规则，妥善处理出版的相关事务。

感谢上海图书馆和版本收藏者提供了珍贵的版本文献，使“民国沪上初版书·复制版”得以与公众见面。

相信民国初版书的复制出版，不仅可以满足社会阅读与研究的需要，还可以使民国初版书的内容与形态得以更持久地留存。

2014年1月1日

民間謎語全集

朱雨尊 編

中華民國二十一年七月印行

本書

目標

本集編輯的目標有三：(一)從教育的立場上說，是集民間普遍流傳的謎語，以其常具新鮮的感覺，豐富的想像，奇妙的聯想，滑稽的情調，足以引起學生的興趣，增進學生的思考；(二)從民衆的立場上說，是集民衆智識的鎖鑰的謎語，供民衆們猜想，足以啓發民衆的智慧；(三)從文藝的立場上說，是集民衆們用以表現自己智慧，量度別人智慧的一種文藝——謎語，在使從事文學和民俗學的，得領略民衆文藝的風格和價值。

範圍

本集總彙中國普遍流行的民間謎語，(有的流行各地，有的僅囿一地)舉凡全國各地的謎語，雖未能網羅無遺，大體可云俱備。除物謎外，通行而又易於了解的字謎，也都收入，在今日出版界中，集大成的謎語本書可以說是破天荒的第一部。

內

種別	內容摘要	分量	
		謎語則數	謎底種數
物	包括「人物」「生理狀態」「自然現象」「動物」「植物」「礦物」「服飾」「食品」「建築」「文件」「文具」「農業用具」「工業用具」「商		

提要

內容

類別	說明	謎語數	謎底數
物謎	……業用具」「交通用具」「娛樂用具」「家用品」「嗜好品」「迷信品」「特殊品」二十類，舉凡事事物物的流行謎語無不努力探求，一一搜集。	一八三六	六四四
字謎	包括「一字謎」「二字謎」「三字謎」「四字謎」四類，舉凡通行易曉的字謎，盡量收集。	四一〇	三一一

特色

本集費了數月工夫，廣輯全國各地的謎語而成，舉其特色，約言有四：(一)材料宏豐，全集材料，計有謎語二千二百四十六則；謎底九百五十五種之多，在坊間出版的謎語集中，可推為空前的全集；(二)分類顯明，物謎就謎底性質分為二十類，字謎就謎底字數別為四類，眉目分明，檢閱極便；(三)注釋清楚，舉凡各地的方言土語，不易了解的，加以注釋，務使讀者一目了然；(四)附錄謎底索引，在物謎字謎中每個均編號次，另依號次編列謎底索引，附錄書末，以供猜謎後的參證。

希望

吾國地域廣大，民間流行的謎語，奚止千萬。本集所輯，疏失可議之處，自知不免，如蒙國內人士加以指正，俾得修改增補，是深企盼。

目次

（甲）物謎

（乙）字謎

甲　物謎

一　人物

一

小時四隻脚，大時兩隻脚，老時三隻脚。

二

民國法律新，製成觀世音，出得門庭去，個個人歡迎。

在家十餘春，不算自家人，出得門庭去，方可到終身。

三

有口沒有牙，有脚不會爬，有音不講話，有手不會拿。

在家三百日，出外不歸家，脫去紫羅袍，換上斜領褂。

四

看看像人，聽聽像瓶，越看越像人，越聽越像瓶。

五

一位大總統，立在大堂中，各部官員都聚攏，一場議論鬧哄哄。

六

十人一顆能浮水，一漢拿他劈爲腿；樓台亭閣依他造，全憑咬金兵器巧。

七

兩個提盒挑肩上，慢步就把街頭闖；耳邊聽得叮噹响，有人喚來做嫁粧。

八

手執三寸尖頭槍，灣腰曲腿坐衙堂；槍刺小船修補好，可渡男女到處行。

九

一人端坐小轉台，一人執叉從後來；曹操獻刀有鏡照，董卓看見何不睬。

一〇

手執雲片糕，身背藥箱包，家家戶戶來分糕。

一一

嘰哩咕嚕，釘釘補補；經過人家，門口坐坐。

一二

點起燭光對君坐，不是談話如觀書；上五兄會下五弟，五兄代弟把頭剃。

一三

食陽間飯，做陰間事。

一四

遠看像漁翁，近看像裁縫，原來是個郎中。

一五

一人扶柄在前奔，二輪在後駕；一人背後還要貼記數，來左去右須分明。

一六

三指琵琶三指琴，自己彈來

自己聽，多少人都聽不見，等他彈過說分明。

五子彈琴，手聽聲音，你的心事，我都知情。

五指升來三指平，又像琵琶又像琴，若還琵琶彈得響，神仙呂洞賓。

五絃琵琶三指彈，有人聽得琴聲響，除非神仙呂純陽。

一七

遠看趕雞趕鴨，近看木頭菩薩，坐下能說天文地理，站起不辨南北東西。

子午卯酉，沿街奔走，不見天日，人稱鐵口。

棒打沿路草，五指將絃操，吃了自家飯，管人最細到。

一八

一條樑，兩便過，三廳四房一食井，打明更。

一九

遠看判官挾書，近看五子送書；別人說我三十五六，自己要想四十有餘。

二〇

有個中國人，住在江西城；妖怪見他怕，四海知他名。

二一

一顆梅花永不開，坐在台上考；能才五經裏面算他熟，大考那年考不來。

二二

你也老三，我也老三，今日相見，何必作對。

二三

行路輕輕走，進屋走輕輕；來不見屋主，去不靠闇人。

二四

窮命嫁窮夫，睡覺無床鋪，摘緊睡一覺，一醒打到叫。

奴奴命薄嫁窮夫，無穿無吃常打奴，日裏不見丈夫面，晚上敲打抱胸前。

二　生理狀態

二五

一個葫蘆七個洞，個個洞都有用。

一粒瓜子七個洞，個個都有用。

七隻鷂子共樹枝，兩隻聽東西，兩隻看東西，兩隻嗅東西，一隻下來偷東西。

一個北瓜七個洞，三個流水兩流膿，還有兩個不會動。

一個胡蘆七個眼，又會唱，又會喊。

二六

二個兄弟，只隔一條道；我不到你家裏，你不到我家裏。

黑棗核兒兩頭尖，當中一個活神仙。

上邊毛，下邊毛，當中夾粒水葡萄，到了黄昏毛對毛。

淺淺池塘左右開，池中人影兩邊排，有時縱是晴天日，也會平空水漲來。

早上開箱子，夜裏關箱子，箱子裏面一面鏡子，鏡子裏面一個小孩子。

白罐子，藏黑棗，日裏開，夜裏關。

桃核圓，桃核尖，自己開門自己關。

橄欖橄欖兩頭尖，吃了夜飯看不見。

開門關門，裏頭住着仙人。

寧波船，兩頭尖，當中有個活神仙。

上面短短草，下面短短草，中

間夾個水葡萄。

青果核兒兩頭尖，中間一個活神仙。

二七

紅門裏面沒人走，躺着一塊紅石頭，翻來動去幾十年，濕淋淋的乾不透。

紅窗門，白格子，裏面一個癲癲子。

紅圍牆，白屋牆，中間一個紅小娘。

山洞裏面一座橋，一頭生根一頭搖。

二八

三十二位小星宿，身體瘦到剩骨頭，切肉不用刀，碎豆不用磨。

小小一埭街，拉拉排排掛招牌。

兄弟三十多，先生弟弟後生

哥；全身潔白如銀子，大事來時問哥哥。

爺娘生我兄弟多，前生弟弟後生哥，歸歸出出上小弟，若有事來請大哥。

二九

一兒出世在東方，一兒出世在西方；二兒自出娘胎後，各自分開不來往。

活像湯麪餃，又像肉餛飩；近在太陽邊，左右二邊分。

兩把扇，在兩邊，摸得着，看不見。

東一片，西一片，到老不相見。

嫡親兩兄弟，隔住在毛山脚，一輩子也會不着。

三〇

高高山上種韭菜，不稀不密剛兩排。

三一

二扇紅牆門，中有白柵欄；當中住一個，乃是賊伯伯。

紅門樓，白瓦角，阿滿妹，打赤膊。

紅門劃，⑴白蚊帳，裏頭有個顛和尚。

【註】⑴即戶限。

紅牆門，白格子，小娘房裏唱曲子。

三二

纘稴頭子一株茅，風吹日曬曬不燥。

一絲絲，黑漆漆；不問親生的，也不問買來的；打扮起來，終是一樣的。

三三

千兄弟，萬兄弟，一分家，三兄弟。

三四

韭菜種在紅陛壩，根向上，葉

向下，早晚澆水不開花。

沿灘種韭菜，根向上葉向下，日日澆水，永不開花。

老頭韭菜葉垂下，朝朝淋水不開花。

三五

一個烟囱兩個洞，洞口從不向天空；有時一陣雨濛濛，有時一陣烟蓬蓬。

張家浜，李家浜，高高的一座牆，隔開了兩條浜。

三六

壁上做酒兩隻缸，小小官員都來嘗。

壁上做酒白湯湯，不用糯米不用糖；不管是士農工商，都要先嘗一嘗。

白罌子，裝白糖，姊姊妹妹都愛嘗。

牆上長，牆上出，人人都吃過，

滿街無處買。

一個葫蘆三寸長，葫蘆裏面三年糧，文武百官都要嘗。

小姐請坐，包子兩個；請吃請吃！可不許咬破。

左右兩塊鳳凰山，鳳凰山上出仙丹；士農工商皆嘗過，總統乞丐也要嘗。

三七

十個孩子，一同玩耍，每個孩子頭上，戴一片瓦。

大的分兩段，小的分三段；嗶喇剝篤算一算，四七是二十八段。

五兄弟，五姊妹，左右各住開，無事不相管，有事大家幫。

十條堤岸八堤溝，條條堤上瓦蓋頭。

大的兩段，小的三段；長長短短，一共二十八段。

我有兩棵樹，生了十張葉；但終不開花，也沒果子結。

五個兄弟生在一起，有骨有皮，長短不齊。

三八

看不出，摸得出；等到摸不出，大家眼淚出。

三九

看時不見摸時見，一時不見呼皇天。

希奇古怪，古怪希奇，前面背脊，後面肚皮。

有頭無腦，有脚無手，肚皮生在後頭，背脊生在前頭。

四〇

十個禿頭和尚，分開站在兩旁；同床同被同睡，合穿兩件衣裳。

四一

高高山上一蓬草，草底下有

一對寶寶底下有一座坟，坟底下大開門。

四二

天上兩把稈，地下兩個卵，卵下兩個竈，竈下一口塘，塘裏一條紅金鯉，恰恰兩寸長，揣得着，畀汝賚酒嘗。

四三

在家三百日，出門永不回；脫了紅衣服，換上民國衣。

四四

行千里，脚不移，吃魚吃肉肚中飢，銀錢到手仍無有，下雨下雪不濕衣。

走路脚不移，吃肉吃飯還是飢；見了銀錢空想着，落雪落雨不溼衣。

四五

忽然心中起，等他又不來；繡花娘子騰針起，讀書君子筆下呆。

四六

高高山頭一個洞，洞裏一窠希奇蜂，冬天常飛出，夏天無影踪。

冬天看得見，夏天看不見。

四七

長長兩位白姑娘，弄堂門口乘風涼，走來五個小禿子，一把捉住攢地上。

兩條白狗，走到巷口，遇着五王爺，索緊一齊走。

兩條巷仔窄窄，有兩個姑娘白白，拉佢出來達達。(1)

【註】(1)就是丟下。

兩條黃狗，睡在巷口；五個差人，拉了牠們就走。

兩隻白白狗，蹲在門口頭，五個差人到，捉了就要走。

(四十八)

既會叫，又會飛，沒有骨頭沒有皮。

城裏一隻鳥，飛到城外來叫叫，你如捉得牢，總給你吃飽。

生在深坑，有氣有力，大喝一聲，萬人走避。

無皮無骨，坑裏叫出，雖然不見面，人人惱⑴入骨。

【註】⑴惱卽恨。

四九

⑴東不開，西不開，十月梅花透切開，廣東廣州冇⑵得來，年年西村大担來。

【註】⑴皮膚的暴拆。⑵冇時無。讀 mou。

五〇

生來不要子，只要鋤得勤；吃又吃不得，養又還養人。

五一

雨打沙坡地，風吹石榴皮，後

園蟲吃菜，釘鞋踏爛泥。

雨打灰堆裏，釘靴踏爛泥，園中蟲吃菜，反看石榴皮。

遠看胡琴連子，近看骨牌骰子。

五二

手執青竹棒，脚踏路中央，狗叫鄉村到，雞啼天明亮。

牆上掛燈燈不明。

一雙火筒角，敲死路邊草，犬吠歸人家，鷄鳴便天亮。

五三

月影花窗執⑴鴨蛋，月移花影執柴枝；滿牆詩畫流崩鼻，吹燈燒破口唇皮；重有一般奇怪事；倒塌⑵書箱鎖着眉。

【註】⑴執，和拾通。⑵塌，塌下鎖。

五四

上山推窗望月，下山撥草尋蛇；坐像孩子捉蛋，睡像盤內醃蝦。

雨㞎(1)灑面唔(2)濕，人客未來先作揖，高門大戶你低頭入，又唔似魁星踢斗，鐵拐李都冇(3)佢咁(4)曳鷄。(5)

【註】(1)㞎，雨絲。讀若 mei。(2)唔，不。讀若 m。(3)冇，有之反，讀若 mou。(4)咁，如斯：讀若 kom。(5)曳雞，醜態。

遠看河邊拉縴，近看馱米回家，坐在客堂像獅子，走起路來好像曬死乾蝦。

遠看像老人摘菜，近看像蝦子爬沙，仰着像龍船下水，睡着像條彎黃瓜。

五五

用棍打鼓鼓無聲。

五六

走起路來清風飄柳，站在老馬綑蹄；坐着好像人一樣，躺倒長短不齊。

五七

一棵梅樹眞古怪，春夏秋冬四季開，五個將軍爬上樹，朵朵梅花落下來。

梅花朵朵傍山崖，春夏秋冬季季開，五爪金龍抓上去，疏疏落落下崖來。

好像梅花又不香，好像冬雪又不洋，好像蛇皮又不長，好像茶壺不烹湯。

五八

淸油點火，見不着火光；鼕鼕敲鼓，聽不見鼓響。

五九

高廳大廈低頭走，鼕鼕敲鼓鼓不響；新舖磚街嫌不平；千年點火點不亮。

六〇

高廳大屋低頭走；方磚舖地路不平，壁上點燈燈不亮；鼕鼕敲鼓鼓不響。

六一

風箱載臘肉，估中俾你送粥。

六二

屎窖背種黃葛，搖得通，拔不脫。

六三

手掌偖長，手掌偖大，兩邊毛披披，無毛愛藥醫。

六四

巧的鐘，靈的錶，中間留一綫，午時準到了。

六五

深山一個紅梨仔，皮在裏頭，肉在外底。

六六

小小一枝藕，水裏生來水裏有，若有那箇猜得着算他仙人曹國舅。

白又白如雪，中間一個節；從

來不見水，夜夜水裏歇。

白又白如雪，腰裏打個結，天天不離水，不在水裏歇。

顏色白如雪，中間一個結，不住在水裏，住在水隔壁。

六七

牛山岋上一隻烏鷄嫲，行前去，無頭顱。

六八

由〔口卯〕上，一塊薑，揣(1)得着，畀汝當。

【註】(1)揣，讀若團。

三　自然現象

六九

嶺背一堆屎，萬人扣不起。

七〇

一種東西圍着我，又無形色又無聲；暫時離開他片刻，包你馬上活不成。

七一

住在深山野嶴，無論何人，誰也捉不牢。

七二

兩個圓圓餅，天天送上門；一個滾滾熱，一個冰冰冷。

七三

東方一棚瓜，伸籐到西家；花開人作事，花謝人歸家。

很大一個蛋，一直滾到西山：

不怕火來燒，也不怕水淹。

寫出方，畫出圓；夏天熱，冬天暖。

看時圓，寫時方，寒時短，熱時長。

白天裏頭上掛，黑夜裏在脚下；掛在頭上眼睛亮，掛在脚下眼睛瞎。

謎語謎語衆人猜，千萬家財買不來，天天早晨送過來。

一個球，圓溜溜，夜裏人人不見，日裏家家都有。

紅綠絲綫繞金鐘，誰人敲得金鐘響，銀子一萬兩。

此物實在價値貴，千鈿萬鈿買不來；到了夜間看不見，要等明天送過來。

七四

紙咁⑴薄，薄過紙，一萬將軍抬唔⑵起。

【註】⑴咁，如此。讀若Kom ⑵唔，不。讀若m。

三四五歲像把弓，十五十六當威風；人人說我三十壽廿一二歲便歸終。

朝死夕生，憑天所判，初一拆卸，十五圓滿。

銀鈎子，古銅錢，晚上無雲纔出現。

白玉盤，眞正圓，青色板上滾

不完。

一個銀盆，擦在空城，想去拿來，不知路程。

眉毛樣，初二三，等到圓圓到中間；雖然人人心裏愛，到底無人能拿來。

綠玉板上一顆珠，明又明，圓又圓，可是不能用線串。

彎彎曲曲一把弓，遊來遊去玩西東，人人說我壽三十，廿七八九一場空。

七五

青石板上釘銀釘，人不能走，草不能生。

青石板，數銅錢，九十九，數不完。

青石板，石板青，青石板上釘銅釘。

青石板，石板青；青石板上生魚鱗。

亮晶晶，青石板上碇銅釘。

一塊青石板，一塊石板青青白石板上，千千萬萬釘。

天倏倏，地倏倏，一棚瓜子冇(1)人摘。

【註】(1)冇，無。讀若 mou。

棋子很多，棋盤很大，只能看，不能下。

七六

高高大大，無脚會行，靠天討飯，天下聞名。

紅黃藍白會變形，像鳳像龍是化身，往來千里不留停，一陣輕風吹乾淨。

七七

天公喪母地丁憂，萬里青山盡白頭；明日太陽來作吊，家家戶戶淚長流。

碎碎不是粉，白白不是糖，毒人不死，打冷人肚腸。

沒有骨頭沒有皮，也沒腿兒也沒翼，冷得不能再冷了，它才出來滿天飛。

此花從古沒人栽，一夜風吹滿地開；看看無根又無葉，不知誰送上門來。

淅瀝颯拉不起身，氣煞鵝毛鋪地平，烏山樹木都遮到，只留長江一帶青。

一片一片無數片，天上撒下梅花片，太陽出來就不見。

天空喪母地丁憂，千里江山穿白綢；紅門娘子來開素，家家戶戶眼淚流。

又細又巧一朵花，不生在地上，不長在樹枒，也不要人工去做他。

七八

草上許多小珍珠，圓又圓，亮又亮，可惜不能串綫上。

綠玉板上一粒珠明又明，圓又圓，可是不能用綫串。

七九

老大，老大，你爲什麼反穿着皮馬褂？太陽出來了，脫了吧。

八〇

千根形如綫，萬根形如綫；落在河裏面，頓時看不見。

一枝竹仔，烟烟⑴軟軟，千刀萬斬都唔⑵斷。

【註】⑴烟烟，軟貌⑵唔不。讀若巳

一根竹竿細又細，上接天來下接地；既不能曬衣，也不能拿起。

初生下來，細細長長；生了下來，明明亮亮往下跳，鬧個不了，往上飛，無聲無響。

一物墜地半邊圓，半面朝下，半面朝天，五湖四海皆行走，要想拿牠難上難。

太陽，你爲甚麼帶我到天上？風伯，你爲甚麼吹我到四方？可憐我眼淚哭了滿紅，纔得重回家鄉。

八一

一獵碗，兩獵碗，丟在河裏翻翻轉。

遠看像圓球，近看像石頭，石頭本沈水，如何水上浮。

圓圓如磬，亮亮如鐘，若話翻得轉，神仙呂洞賓。

圓啊圓如釘，亮啊亮如鏡；那個翻得轉，算他是仙人。

八二

只聞聲，不見影；他要來時，樹上搖身，好像是歡迎。

有件東西眞眞巧，聽得聲倒見不倒，遇得渠倒捉不倒，放汝去尋尋不倒，有人說渠歪，有人說渠好。

聞聲不見面，見面不聞聲，無運遇倒此哀鬼，周身發大冷。

要想用牠，望牠；用不着牠，怪牠；時時刻刻碰着牠，從來沒有看見牠。

八三

細又細，微又微，沒有翼，也會飛。

一件東西，極細極微，無脚會走，無翼會飛。

身體一些些，無頭也無尾，不生翼，到處飛。

橫看一細細，豎看一微微；又無翼翅生，却是會得飛。

八四

天色有條七星橋，造好沒人跑，停了一會不見了。

一座橋，實在高；那樣美麗，難畫難描；也沒有人，能走得到。

扭扭彎彎一把弓，柳葉打把

灑西東；五黃六月常常有，冬九臘月隱無蹤。

紅綠一條龍，彎轉好像弓，朝晨掛西，晚上掛在東。

八五

小起來針眼大，大起來滿山坡；能過千山萬嶺；不能過一條小河。

細小一粒穀，跑住滿間屋，小孩來看見，放聲便欲哭。

一個小紅棗，奇怪的不得了；遇着乾的大呀大，遇着濕的漸漸小。

南方生我，北方殺我，日日用我，人人怕我。

八六

一顆小紅棗，三間屋子盛不了，一開門，還要往外跑。

像棗子核格尖，像棗子核格粗，一間屋裏裝弗滿，還要門角縫裏挨出去。

欖核咁(1)尖，欖核咁大；門埋(2)門，會走出街。

【註】(1)咁，那樣。讀若Kem(2)埋，與着字通。

八七

這位小孩，黑臉黑衣，拳打不痛，脚踢不理，綉花針也挑不起。

小小又巧巧，隨我來過橋；落水也不濕，火燒又不焦。

有件物，眞寶罕，光中去，暗中轉，人人知，不敢趕。

千里隨身不戀家，不貪茶飯不貪花，水火刀兵都不怕，日落西山不見他。

薄薄薄過紙，萬人扛不起。

文質彬彬坐中堂，兩眼親親看兒郎；年三十夜同分歲，紅燈一落轉家鄉。

奇奇巧巧，陪人過橋；雨來不

退，火燒不焦。

奇怪奇怪眞奇怪，逢見亮光跟我跑；雨雪淋漓不會濕，火燒過來不會焦。

沒肉沒皮，跟着人跑；賊偷不去，火燒不着。

八八

一棵樹，高又高，不怕雷打，不怕火燒，只怕風來吹斷腰。

一棵大樹半天高，不怕斧頭不怕刀；也沒枝來也沒葉，不能斫下當柴燒。

八九

曹操起兵黑濛中，周瑜行計用火攻；孔明借風手帶扇，煙霧大作便太平。

九〇

長長短短的玉筷，整整齊齊的玻瓈，一個錢兒也不要從沒有人去理一理。

一根草，倒掛起，冬生春死不沾泥。

四 動物（附動物建造品）

九一

遠遠看去好似貓，行近看清連忙跑。上山黃馬騎不得。

九二

老水牛，實在大，兩隻角兒倒生，鼻子拖到地下。

九三

頭戴兩顆珊瑚樹，身穿一領梅花衣，移動一雙金蓮步，跑上山去快如飛。

九四

身子肥胖腳兒圓，力氣雖大性和善；尾巴好像一條綫，走路須用麻繩牽。

身強力又壯，終身幫人忙；可

歎老年時，却在刀下亡。

頭戴雙尖帽子，身穿黑皮袍子，說話帶鼻音，人人聽得淸。

老大身，老大體，排行還算第二。吃我肉，剝我皮，爲人出力，白費心機。

四脚撑撑，兩枚鐵釘，兩人拂扇，一人拖靑。(1)

【註】(1)喻牛尾下垂，猶娶親者的拖靑樹葉。

九五

關進門裏，好像瘟蟲；一頭出外，昂然威風；我的祖先，古代英雄；世事變遷，罰當小工。

你坐我不坐，我行你不行，一夜站到大天明。

九六

爹娘是忠臣，生我不聰明，罰我做奴僕，天天要背人。

九七

不是狐，不是狗，前面架着鍘刀，後面拖把掃帚。

九八

一位白鬚老頭，滿袋盛着黑豆，一面走，一面漏，漏到明日到還有。

白公公，背袋豆，連路走，連路漏。

九九

一段屋樑粗粗，四根柱子撐

住，看見客人來了，罵得一塌糊塗。

從小生來有義氣，看見客人勿客氣。

奇巧眞奇巧，站時沒有坐時高，愛在門前叫。

四哥看大門。

兩道鬍鬚向上翹，說話還像獅子叫；夜間出行不用燈，走起路來像賽跑。

稀奇稀奇實稀奇，坐着還是立着低。

黃也有，黑也有，白也有，住在家家戶內頭，太爺打佢面前過，不願招呼不點頭。

一條樑，四條柱，頭打鼓，尾擔槍。

大字肩上加一點，西鬼拿他戲金蟬，夜來能可守門戶，打獵他就似偵探。

一物生來眞忠義，叫他管事亦希奇；自家人來搖搖尾，他人一到就開口。

櫻子臉蛋，桃花脚爪；前面唱戲，後面舞刀；坐下倒比站着高。

一〇〇

四隻手，毛一身，立着坐着都像人，爬着伏着也像人。

不是狐，不是狗，站在地上做人。

一身毛，四隻手，站着坐着都像人，伏着爬着又像狗。

一〇一

東邊來了一個黑大漢，頭上插着兩把大蒲扇；走一步，扇一扇。

一〇二

出外盡情嫖，歸家無妻宿，雖然百子千孫，死後無人啼哭。

一〇三

脚穿釘靴走無聲，天天供養找魚醒，子午卯酉眼中過，夜來習武朝學文。

身穿皮襖，偷魚名工，脚着釘靴，走路無聲。

二哥，屋上登。

穿釘鞋，上瓦屋，看見狗，呼呼呼，不吃魚，就吃肉。

身穿一件皮綿襖，一心偷魚是所好，脚上常把釘鞋着，走起路來甚輕飄。

一舊⑴木，花離陸；⑵拍下檯，跳上屋。

【註】⑴舊，通塊。⑵離陸，花亂貌。

兩道短鬚向上翹，說話還像孩子叫；夜行不帶燈，走路像賽跑。

一〇四

泥屋泥門頭，仔仔孫孫做賊頭。

我家住在灣裏灣，前門後門統不關；豺狼獅豹都不怕，只怕小虎下了山。

身小脚輕精神健，飛簷走壁不希奇，千金閨房由我走，鐵房子內不敢去。

一〇五

紅眼睛，白衣袍，一見草，就來了。

一〇六

矮脚蓬鬆，走路飛風有人看見，謳聲公公。

一〇七

一物好像和尚頭，有時行走賽快猴，不管晝夜天好歹，披着簑衣滿地遊。

一〇八

一箇呆的年少，頭上戴的紅帽，身上有點帶孝，出口好像蠻老。

頭戴紅頂子；身穿白袍子；說話像蠻子；走路像公子。

頭上戴紅帽，身穿白長衫；嘩打打吹起來出田畈。

不是走獸不是人，行走一片假斯文，腰中帶着兩扇子，不怕水濕合雨霖。

出身黃蒼蒼，老來白如霜；頭頂紅色帽，一路叫補缸。

頭戴紅帽子，身穿白袍子，走

路像公子，吃飯像矮子。

小小船，白布篷；頭也紅來槳也紅。

兩片紅划揖，划到田頭息一息，戲文唱一唱，點心吃一吃。

一隻順風船，白篷紅船頭，還帶兩把紅划槳，時來湖上四處游。

一〇九

池水裏面，一隻小船，天天看見船頭打魚，却看不見拿出一條魚兒來賣錢。

一一〇

頭扯紅旗子，身穿花袍子；走路像孩子，唱歌伸脖子。

頭戴珊瑚筆架，身穿五色衣裳；高聲一唱，日出東方。

一朵芙蓉頂上開，戰衣不用剪刀裁；雖然非比英雄將，喝得千門萬戶開。

姊姊容貌眞美，身穿鳳冠霞珮，唱戲喉嚨淸脆，喂喂喂。

頭戴朱冠，身穿花袍，天天報曉，難免吃刀。

從小白又白，長大變顏色，若要分男女，看冠就認得。

一二一

希奇希奇眞希奇，外生骨頭裏生毛，有人反得希奇轉，裏生骨頭外生毛。

一二二

蹊蹺蹊蹺，性命難保，性命保牢，子孫難逃。

一二三

頭戴紅纓帽，身穿水綠袍，又會說話又會叫。

一二四

一個鷄蛋一身毛，只會跳來不會跑。

日在樹上朗叫，夜宿古堂佛

廟，到了二麥登場，且先給他嘗嘗。

一一五

空中來了一個黑大漢，腰間插着兩把扇，走一段，扇幾扇。

一個黑笨漢，腰插兩把扇，走一步來扇一扇，也不問熱天不熱天。

一一六

頭有毛栗大，尾巴像鋼义；身在泥裏睡，離地一丈八。

遠處來了一隻鳥，尾巴像剪刀，雖在泥中住，隔泥一丈高。

一一七

出身烏裏烏，赤足遊江湖；別人看他吃飽飯，其實常常肚皮餓。

四角撑撑，跌落深坑，不食禾苗，專食暈腥。

身穿鐵甲如油衣，大戰九江

如鶴飛，別人看我吃飽飯，誰氏得知我肚飢。

一一八

兩邊來往當報子，半天空裏吹叫子，回家住個木罩子。

一一九

脚也小，腿也高，戴紅帽，穿白袍。

一二〇

家住青山西裏西，身穿一件

破簑衣，東山日出肚子餓，出門做點小生意。

半天落下一塊板，黑漆滿身射下來，別樣東西皆不怕，小雞看見驚破肚。

一二一

錐子尾巴橄欖頭，身穿袈裟緩步走。

上十八塊明堂，下八卦形像；一人落水，四把划槳，錐子尾巴橄欖頭，身穿袈裟鴨脚手。

身穿尼姑背褡，看見老婆氣煞，人人道我長壽，剝皮煎膏爲藥。

家住深山溪裏溪，爺娘養我太希奇；人人都是皮包骨，只有我是骨包皮。

二三二

一母生兩胎，別母分開來；走獸是走獸，勿作走獸猜。

二三三

無脚無手，身穿鷄皮縐，有人碰着牠，駭得連忙走。

走也是睏，坐也是睏，立也是睏。

下山棍子拾不得。

棒樣一根，無足能行。

二三四

名叫虎，不吃人。

二二五

遠看像隻狗，近看沒狗高，有皮又有骨，獨是沒有毛。

生來年紀小，身穿綠夾襖，住在鄉下頭，自唱自爲敲。

走也是坐，立也是坐，睏也是坐。

像狗坐，沒狗高；有皮有骨却毛。

肚皮雪雪白，背皮碧碧綠；不吃肉不吃穀，唱起戲來閣閣。

小時黑而小，無脚也無爪；到大青而肥，到處呱呱叫；到處叫，本事好；水裏能泳，陸上也能跳

會行會走會跳，又肥又大無毛，聲就大過狗，又無狗偖高。

我在池邊乘風涼，客人給我一顆糖；我以爲他是好意，誰知他要剝我的衣裳。

小小水怪穿綠袍，行走時候

滿地跳，若問他是什麼物？他會對你呱呱叫。

名叫雞，不生毛。像狗坐，無狗高，旣無耳朵又無毛。

一二六

一隻藥箱，藥箱裏頭一班學生，嘰哩喳啦讀着大文章。

有嘴無鼻頭，有眼無眉毛，四腿玲瓏走，只少尾巴搖；

身穿荔枝袍，有眼無眉毛，四脚玲瓏走，只少尾巴搖。

一二七

竹州城裏紙糊城，紙糊城裏藏千兵；還好水仙救一陣，若無水仙活不成。

一二八

眼睛好像鑲珠寶，身穿大紅金龍袍；人人道我年紀小，當我景緻都要瞧。

身披鱗甲色紅黃，不做羹來不做湯；四海雖大非吾願，半缸清水過時光。

一二九

金扑刀，銀扑刀，丟在河裏尋不到。

一三〇

身穿白龍袍，有眼無眉毛，有翅不會飛，無脚走千里。

有頭無頸，有氣冰冷，日行千里，難過山嶺。

坐也是走，立也是走，睏也是走。

有眼冇⑴眉，有翼唔⑵會飛，日行千里路，神鬼不知天。

【註】⑴冇，無。讀若mou。⑵唔，不，讀若m。

一把刀，順水漂，有眼睛，沒眉毛。

有甲無盔，有眼無眉，它沒有

腿，可是會走。它有翅膀，是不會飛。

有甲沒有盔，有翅不會飛；無腿他會走，有眼却無眉。

溝裏走，溝裏搖，無脚無手，又無毛。

有頭沒有頸，身上冷冰冰；有翅不會飛，無脚反能行。

一三一

背板過江，滿復文章；從無偷竊的心腸，爲何四海大名揚。

一三二

彎背老公公，鬍鬚蹺鬆鬆；殺殺沒有血，燒燒滿身紅。

頭戴鐵帽，身穿龍袍，一到湯屋，換過紅袍。

小小一條龍，鬍鬚梗似棕，生前沒有血，死後滿身紅。

頭戴武生帽，身穿水龍袍；跑到湯家坊，換件大紅袍。

頭戴鎗頭帽，手執雙叉矛做過湯湖府，換件大紅袍。

希奇希奇眞希奇，眼睛生在鬍鬚裏，身上穿件靑綠衣，要請諸君猜仔細。

頭戴將軍帽，身穿水綠袍，到過鐵洞山，換件大紅袍。

駝背老公公，鬍鬚翹幾根；洗了一個澡，燙得滿身紅。

頭戴紅絲帽，身穿藍衫袍，藍衫脫了珠汗落，珠汗落了癩痢殼。

間鵲鵲，尾貼貼，從坑上，沒脚跡。

頭上掃把，尾上闊鑿，話是蝦公，汝揣⑴不看。

【註】⑴揣，讀若圖。

一三三

八把鈎刀，兩把尖刀，身背藥包，背得就跑。

它的身體長圓形，有口有目不見頭，行路不向正道走，出世之時必在秋。

八把尖刀，兩把大刀，背得包裹橫逃，

八箇轎夫擯面鼓，兩個夜叉前頭舞。

兩把鉗刀，八把尖刀，背有黑罩，走路橫跑。

八人扛大鼓，兩人假老虎。

胖子大娘，背隻破筐，剪刀兩把，筷子四雙。

左手拿剪刀，右手拿剪刀，做起活來橫着跑，這個裁縫眞蹊蹺。

手拿大剪刀，身穿鐵甲袍，有人遇着我，吃我兩剪刀。

八人扛大鼓，兩人拿椏杈，一扠扠到田墩下。

尖刀八把，鐵鉗兩個，身穿鐵

甲，橫行一世。

身穿鐵甲，頭插長鎗，遇敵後退，不敢抵抗。

老章老章，背負皮箱，鉸剪兩把。筷子四雙。

一三四

還娘子，還娘衣，兩鐵皮，有翼無毛不會飛，別人道我無頭物，自己想是活東西。

大大城門兩扇開，中間走出美人來；大大城門關上，好像雙手合着。

一三五

青瓦房屋，彎曲門樓；娘子出門，扇子遮頭。

金生麗水肉抽芽，高夏蔡田自我家，雲騰致雨多歡樂，露結爲霜不見他。

灣灣房屋，小小門樓，娘子出門，扇子遮頭。

高下草田是我家，金生麗水採月華雲騰致雨手來拿露結爲霜不見他。

圓圓房屋彎曲門樓，娘子出洞，扇子遮頭。

我在田中府，遇着五位人客來捉倒，⑴捉入三司廳界，⑵入缸瓦舖吹玻璨，打屎粃⑶。

【註】⑴倒與到通，⑵界，押也。⑶屎粃屁股也。

曲肉載曲罌，⑴青才⑵背後生，龍鬚在兩便，⑶寶鏡在先行。

【註】⑴罌，甕也。⑵青才，苕也。⑶便，與邊通。

遠看轅門的城樓，近看青衣的石樓；塘小姐出門遊嬉，一把大蒲扇遮頭。

一彎二彎三彎四，爺娘生我太希奇，別人皮包骨，我却骨包皮，別人用脚行，我却用頭移。

銅的箱，鐵的蓋，裏面盛着好小菜。

小小瓶，小小蓋，裏頭有些葷葷菜。

一個鷄蛋，滾到西山，但怕火燒，不怕水淙。

彎彎曲曲一重山，小姊登在綉房間，無聊男子來撈我，小姊就把門房關。

一三六

頭有兩隻角，身背一隻殼，祇怕太陽曬，勿怕雨來落。

背上背着屋，頂上頂着角；角屋是一個殼，角是二條肉。

鐵皮鐵甲，大風大雨都不怕，只怕蜈蚣來咬他。

名叫牛，不耕田。

幾久望埋(1)風雨大，輕輕移步出花街。

【註】(1)埋，作近。

一三七

一條細繩輭又輭，埋在泥裏不會爛。

一三八

小小姑娘指頭尖，做隻篩子照見天；細雨微風都不怕，只怕孩子的竹竿。

懸空掛隻篣，篣裏像隻蟹，有風搖搖擺擺，無風牽牽扯扯，

八方亭子細欄杆，造成一座蔽天關，有誰從我關中過，要留性命萬分難。

小小諸葛亮，坐在中軍張，擺起八卦圖，要捉飛來將。

先竪八角柱，後造大花廳，誰人到我廳上坐，就要給我當點心。

先修十字街，後造八卦台；主人堂中坐，恭候客人來。

半天裏一隻篣，篣裏一隻蟹。

黑臉包丞相，坐在大堂上，扯起八卦旗，專拿飛天將。

天生一物巧眞多，織盡綾羅不用梭，獨自一人餬一嘴，命裏孤單莫奈何。

小小諸葛亮，坐在雲頭上，畫起八卦圖，擒起飛虎將。

半空一張橋，風吹蕩蕩搖，總統坐中心，百姓向他嘲。

一三九

千頭銅錢拾不得。

紅色的船頭，黑色的梢棚，廿四把篙子，兩旁邊亂撐。

頭戴紅纓帽，身穿烏金袍，嘴裏叫我公公，手裏要發牢騷，

一四〇

小時兄弟多，老來各做窩，死死還魂要老婆。

不用尺來不用剪，做件衣脚自己穿。

聰明木匠眞能手，造起房子沒門口。

小時穿黑衣，到大換白袍；吃的是青菜吐的是棉綫，棉綫棉綫，做個房子好睡覺。

這個工匠聰明透，人人贊它眞能手，一人獨造一間屋，四面看看沒門口。

同在一處吃，各做各的窠，已經死了又還魂，還過魂來娶老婆。

一個工匠體不強，只把樹葉當食糧；辛苦造屋許多日，屋子造好性命喪。

囡囡巧，囡囡乖，不用刀，不用尺，做件衣服自己着。

一四一

頭戴如意，身穿綠袍；腰細肚大，手拿雙刀；愛在草間，擺擺搖搖。

頭戴兩根雄鷄毛，身穿一件青衣袍；手裏拿着兩把刀，小蟲見了拚命逃。

頭插雉雞毛，身穿綠色袍，手拿雙鈎刀，見人就要拋。

一四二

採花娘，採花娘，身穿花衣裳，口中甘如蜜，常住百花鄉。

一四三

船頭大，船尾小，四扇風篷，一齊撐到。

兩眼如盞燈，一尾如隻釘，半天雲裏過，終身度光陰。

頭上一個錘，身上四面旗；屁股背根竹，夜裏不知那裏宿。

一四四

四四方方一座城，城裏城外都是兵；個個穿着黃馬褂，不知誰是大統領。

長比四方一座城，一家王子

把令行，春前春後興人馬，直到老秋才歸營。

兄弟幾千千，造屋接連牽，做些甜酒擱過年，合出好藥賣大錢。

自少生成富貴家，時常出入享榮華，萬歲也曾傳聖旨，代代兒孫做探花。

嶺楝子，一羣雞，姊姊妹妹籠不齊。

身體不滿一寸長，走路常帶一把槍，千軍萬馬都不怕，獨怕孔明諸葛亮。

有翼無毛，住在山高，有日世亂，拿出鎗刀。

兄弟七八千，竪屋竪半天，做酒酒味甜，酒糟揩皮靴。

一四五

有翅沒毛，爬得高高，不吃糧草，高聲大叫。

有頭無頸，有翼無毛，渡江過嶺，捧樹吹簫。

圓頭細眼睛，淩風一身輕；愛在枝上叫，又響又好聽。

一四六

無喙會食，無脚會走，衫褲不著，路上彳亍。

一〇七

久名六畜，轉食五穀，殺我無血，食我無肉。

一四八

秋天開戰，冬天停戰，勇雖是勇，可惜是自殘同種！哼算不了甚麼英雄。

頭戴雉雞毛，身穿黑龍袍，有人來問我，我在白板橋。

住在茅山九曲灣，唱歌奏曲大聲喊，弟弟妹妹雖愛我，從未讓我過冬寒，

石門石欄杆，裏面有音彈，孩

童來尋我，害我我不要耽。

一四九

紅頭小妖，身穿金襖，帶着毒物，暗殺我同胞。

頭戴紅帽子，身穿綠袍子，走路吹笛子，坐下抹鬚子。

頭戴紅的帽，身穿青的袍，到處唱京調，肚飢吃嫩糕。

頭戴紅綾帽，身穿青紗袍，來來去去唱小調。

頭戴紅帽子，身穿黑外套；凳檯做手勢，走路唱徽調。

頭戴紅帽子，身穿黑袍子，走路唱曲子，吃飯抹鬍子。

像烏缸豆格粗，像烏缸豆格烏，堂前當中央，坐得拉鬍鬚。

頭戴紅帽子，身穿綠袍子，一身青球球，行路吹簫子。

頭戴紅帽子，身穿綠袍子，嘴裏唱曲子，手裏搓糰子。

身穿紫羅袍，頭戴紅纓帽，我雖年紀小，天天走缸橋。

一五〇

一班淸打花衣裳，鬧熱烘烘吹進房；吃飽甜紅酒，拍手見閻王。

爲你打我，爲我打你，打倒你皮開，打得我血出。

小時水裏翻斛斗，大了愛在空中遊；人見了請他吃烟，他就一溜烟逃走。

長脚小兒郎，吹簫入洞房，愛吃紅花酒，拍手見閻王。

嗡嗡嗡嗡一隊兵，各坐飛艇飛進城，刀槍火炮都不怕，秋風一起活不成。

一隊飛將，夜夜放槍，霹拍一聲，打成肉醬。

半天裏一班小秀才，味唎嗎唎吵出來；要想喝杯紅花酒，一個霹靂打下來。

口似銀針，身似飛艇，打破它皮，流出我血。

一個刺客身材小，夜行衣服全身罩，飛簷走壁本領好，刺到一槍就飛逃。

大道一營兵，哼哼嗡嗡不住聲，棍子棒子都不怕，烟熏火燎才住聲。

小小一羣賊，多在暗中歇，夜間走出來，不偷金錢只偷血。

長臂長腿的長六郎，吹吹打打進繡房；忽被人家打一掌，骨頭粉碎肉成漿。

一五一

身着電光衣，常在草上嬉；暗裏發亮光，白晝草上藏。

亮灼灼，滑溜溜，眼睛生在屁股頭，人人仗他遮全身。

頭戴天地元黃，身穿珠稱夜

光，勿怕雲騰致雨祇怕露結爲霜。

身着電光衣夜行青草裏，暗裏發亮光，日裏看不見。

日間草裏住，夜間空中遊，只見屁股不見頭。

一五二

一個孩子三分長，一心一意想紅娘；紅娘倒有三分意，自知壽命又不長。

一五三

白鬚老翁種芝蔴，不用鋤頭用脚爬。

一個白髮老媽媽，走起路來四面爬；不用鐵鎝不用鋤，生了一塊好芝蔴。

一五四

黃牛子，細的的，上岡下峧無脚跡。

上樹不怕高，下樹不怕跌，刷

無毛，割無血，

一五五

站在毛頭山食的骨頭肉，死在金得幾，(則蔑)葬在手指甲。

一五六

壬申生，乙酉養；天天吃酒，吃殺勿長。

一五七

頭輕尾重，脚有三雙。

一五八

頭似琵琶，身似冬瓜，行到『辛』(1)，運富貴榮華，行到『甲』(2)運，唔(3)聲一吓。

【註】(1)辛與身音同。(2)甲，與指甲的甲雙關。(3)唔聲，出不得聲，即言死。唔讀若m。

一五九

頭尖尾大，脚三雙，布正司錢係佢家鄉，行到『布』州生落仔，行到『膏』州得份糧；行到『牙』

州喪落黃。

頭似琵琶，尾似冬瓜。

一六〇

六脚爬爬，身像油麻，肉皇開飯店，黑進士開歇店。

一顆芝蔴六隻脚，聽明姑娘猜弗着。

小小一物眞可惡，生得嘴尖又黑殼，終日沒有事體做，東面觸來西面啄。

尖嘴又黑殼，亂奔又亂啄，闖出禍患來，累人來摸索。

一六一

不團不圓不四方，紅藍綠黑青白黃，一物生來身而小，穿着黑花黃衣裌，奔路十程五里住，根頭不知磕多少。

一六二

身穿翠綠袍，頭戴雉鷄毛；人人說我年紀小，阿哥常常有人叫。

一六三

家住深山九曲灣，人人聽我暗鄉談；風流浪子捉我去，再不放我轉還鄉。

一六四

三頭四耳朵，六脚二尾巴，日裏共走路，夜裏各歇家。

一六五

大將軍披頭散髮，二將軍黃袍將甲，三將軍肥頭胖耳，四將軍瘦瘦刮刮。

一六六

大哥山上蹲蹲坐，二哥山下戳田螺，三哥買鷄不帶秤，四哥撮穀不帶籮。

一六七

大哥哥，敲更不用鑼；二哥哥，行船不用櫓；三哥哥，買鷄不用秤；四哥哥，糴米不用籮。

一六八

大哥敲更不用梆，二哥駕船不用櫓，三哥夜裏不用燈，四哥砍樹不用斧。

一六九

大姐上山曲溜溜，二姐下山滚繡球，三姐磕頭梆子響，四姐洗臉不梳頭。

一七〇

大哥描花不用筆，二哥下山挖田螺，三哥買鷄不拿秤，四哥羅穀不拿籮。

一七一

天上飛禽有乳，地上走獸無頸。

一七二

大姊有針無綫，二姊有綫無針，三姊有火無柴，四姊有柴無火。

一七三

大姐樹上叫，二姐拿燈照，三姐用槍刺，四姐嚇一跳。

一七四

大姊園裏喳喳叫，二姊拿得火來照，三姊拿綫來上吊，四姊豎起鬍鬚逃。

一七五

大姐有針無線，二姐有線無針，三姐提燈那裏去，四姐拿針亂刺人。

一七六

大妗母，大笨象，二妗母，臭松香，三妗母，會彈又會唱，四妗母，抵手到非常。

一七七

懸空一隻碗，看看滾圓，盛物不漏，雨落不滿。

遠望一隻海大碗，三日三夜落不滿。

遠望一隻碗，落雨落不滿。

千根木頭，建所高樓，不動鑿子，不動斧頭。

一七八

屋基築在木頭旁，緊靠木頭造土牆；進去都從牆口上，既無門扇又無窗。

樓屋起樓臺，樓門四扇開，太子蹲蹲坐娘子搬茶來。

一七九

一個蓮蓬顛倒種，若要去採，包要手痛。

倒掛蓮蓬採不得。

一八〇

不用尺來不用剪，做件衣服自己穿。

箍桶司務箍隻斗，箍桶司務翻進斗裏頭。

做屋工人眞笨拙，做好房子無門出。

一八一

銅元般大，粉皮般白，請你猜一猜，曉得不曉得。

銅錢大，麵粉白，家家有，猜不着。

一八二

引羅綫，織羅綫，風吹搖搖動，雨落粒粒珠。

一面銅鑼大又圓，仔細秤秤沒一錢，打牠一下鑼不響；再打一下鑼不見。

鑼樣大，鑼樣扁，搓搓沒一拳，秤秤沒一錢。

鑼偌大，鼓偌圓，拿呀就無一錢。

隔遠看，一張紙，行前去，拈不起。

平天搭度橋，風吹陣陣搖，唔(1)怕風吹倒，至怕雨踏(2)溶。

【註】(1)唔，不。(2)踏，淋。

五　植物

一八三

青頭綠骨鬼，獨立一條腿；別的它不喝，盡喝氣和水。

一八四

一箇老頭子，滿身縐皮膚，綠頭髮裏，露出黃頂子。

頭上生着青絲髮，身穿龍鱗鐵甲，不怕狂風大雨，只怕將軍拿斧殺。

鄉下住，住山寮，矮個矮，高個高，十八公公無人識，帶大子孫出外跑。

頭披青絲散髮，身穿銅皮鐵甲，不怕烏風猛雨，只怕蜈蚣咬脚。

一八五

十道節，百道節，只會開花，不會落葉、

身上披簑衣，滿身插破扇，屋子裏不站，站在園裏面。

青的樹，青的皮，也無葉，也無枝；半腰開花結了子，你說希奇不希奇？

一八六

爸爸已到四十歲，養的兒子才八歲。

一八七

一物生的又大又高，滿身掛的千把刀。

黑大漢，高又高，身上掛了千把刀。

一棵樹，高又高，週圍四面掛尖刀。

一八八

綠布包白布，白布包梳仔。

青樹打青瓜，青瓜肚裏包棉花，棉花肚裏包梭子，梭子肚裏包豆芽。

一八九

我在園林秀茂鬆，出門遇着

碧郎公；將錢買我歸家內，紅粉嬌娥彩畫容，畫出百般花草木，贊賤(1)嫦娥好手工。

【註】(1)贊賤，猶贊許。

一九〇

棚桁上，吊猪肚，好食不好煑。

一九一

小小果，圓溜溜，咬一口，眉頭縐。

一九二

青枝綠葉開紅花，我家園中也有牠；生下許多小娃娃，張開紅嘴露紅牙。

看看一隻痲布袋，袋裏放的都是紅珍珠。

遠看家窮，近看家不窮，外面朱漆板凳，裏面寶石重重。

哈哈笑，半邊歪，紅綠顏色最可愛。

認道劉家窮，劉家那裏窮？外

面硃紅板壁，裏面珍珠結成功。

遠看劉家眞眞窮，近看劉家眞不窮，外面金漆的板壁，裏面寶石又重重。

千姊妹，萬同胞；同床睡，各蓋被。

紫包袱，包冷飯，已好吃，又好看。

一九三

大紅瓶，皎綠蓋，瓶子裏，梭子埋，十人走過九人愛。

紅漆桶，黑漆蓋。十人看見九人愛。

紅燈籠，綠寶蓋，雖然從來沒人點，却是人人都很愛。

紅燈籠，鐵寶蓋；十人行過九人愛。

銅鍑鏞，(1)鐵板蓋，每日食哩樹上睡。

【註】(1)鍑鏞，讀若蒲羅！

紅小髭，綠蓋頭：揭開來，咬一
口

一九四

紅包袱，包梳子，梳子裏面藏
珠子。

滿身金絲繞金球，蹲在樹上
好風流，十個差人來抓我，脫下
紅袍萬事休。

圓圓一架床，床上張紅帳，揭
開紅帳一看，臥着七八個姑娘。

一根翠線吊金球，我在樹上
好風流？十個將軍抓住我，脫去
紅袍萬事休。

大紅被白夾裏，七八個小娘
合一被。

大紅面，麻夾裏，八個姑娘共
床被，不知那個先晦氣。

紅被頭，白夾裏，十個弟兄擠
一被。

一九五

毛寒骨皺，揣⑴得明日下晝。

【註】⑴揣，讀若團。

酒杯盃⑴酒杯。裏頭有個豆皮妹。⑵

【註】⑴盃，是蓋讀若ham。⑵豆皮即麻面。

合羅又合羅，中間有個豆皮婆。⑴

【註】⑴豆皮婆，麻面婦人。

把你猜，把你猜，一口咬得血出來。

紅艷艷，甜蜜蜜，給你吃，一口咬得血滴滴。

一九六

紅綫吊綠球，吊上樹梢頭，風唔怕，雨唔怕，至怕賊來偷。

一九七

卡啦⑴床，卡拉橙，卡拉姑娘嗦個⑵睏。

【註】⑴卡啦，縱橫交錯。⑵嗦個，即

在。

一九八

胡老頭，面孔縐，不捶它，不開口。

葛皺眠牀葛皺被，葛皺小姐睏在裏。

雛雛眠床縐縐被，縐縐小姐睏在縐縐裏。

夾夾衣，夾夾被，夾夾娘子在夾夾裏睡。

一九九

銅勺鐵把，猜不着他，就不許吃他。

二〇〇

皮似西瓜秧似血，雖然好吃人難得；昭王返國見一面，文武百官聽講說。

二〇一

說軟勿軟，說硬勿硬；外裏包層皮，大約五寸長。

牛角不尖不出門，出門到處有人慪，有時脫去黃皮襖，大發花香到鼻門。

二〇二

我在深山深又深，蛇唔拖，虎唔呑，人草老婆連累我，連累骨肉上刀砧

鬸⿱髟壬(1)大姐嫁蘇州，俾人捉倒(2)剃光頭，千刃萬斬都唔(3)流血，入到牙(4)門血就流。

【註】(1)鬸⿱髟壬，未嫁處女。讀若 lou yam。(2)倒，和到通。(3)唔，是不。讀若M。(4)牙和衙相關。

二〇三

雖然老相還後生，單皮薄肉骨頭輕。

紅布包白布，白布包猪膏，(1)猪膏包紅棗。

【註】(1)猪膏，即猪油膏。

二〇四

身穿綢裹綢，鋼刀雖快不停留，吮血不知在何處，只見屍首沿街丟。

生也泥州，用在刀頭，靈魂跟人走，尸骨連路丟。

脫落青衫就要愁，尖刀快得不停留；搾出我血當茶喝，却把骨頭到處丟。

青皮白肉長身體，腰帶重重團住伊；一個鐵匠尋着你，吃起他來甜密味。

二〇五

一團幽香不可言，色如丹桂味如蓮，慈悲已歸西方去，十指尖尖在人間。

二〇六

冬天盤龍臥，夏天枝葉開；龍鬚向上長，珍珠往下排。

蹊蹺蹊蹺，小哥兒見了嚇一跳，架上結了紫珠泡，又像媽媽的奶頭籐上吊。

二〇七

紫檀床，毛絨被，當中困着黃胖小弟弟。

頭一爿針店，第二爿皮店，第三爿紙店，第四爿肉店。

紫檀床，洋絨被，黃胖小姐睡在裏。

躲得高，生得牢，外生骨，裏生毛。

紫檀眠床大紅被，桂花黃後街上配；人人看見都愛他黃胖姑娘被裏睡。

二〇八

小小屋子外面黃，裏面躲着一個黑大王。

桂花黃，湯糰大；黑姑娘，睡在家。

外面黃帳子，內睡黑胖子。

二〇九

半天門綁豬核，好食不好搨。

二〇

不能會結果，又不會開花，小時把他吃，老來把他用。

小時候，吃得做不得。老時候，做得吃不得。

不結果，不開花，泥肉發芽，滋味不錯。

爺娘蓬頭婆娑，生子尖頭毛多，不戴帽子好，一戴相貌老。

爸爸蓬頭，媽媽蓬頭，生個兒子尖尖頭。

順團團，左團團，黃泥孔裏躲個沒頭孫。

頭戴尖帽，身穿節衣，春行冬令，十分及時。

頭戴尖尖帽，身穿節節衣，年年二三月，鑽出身子來游嬉。

二二

桃李開花脚踏泥，出水荷花

頭帶珠，身穿茅草有節衣，皇帝無我不登基。

青枝綠葉不開花，我家園中也有牠；生下許多小娃娃，尖尖頭兒滿身毛。

身體直如筆，小時可以吃；老來離開故地，專替人家曬衣。

十道節，百道節，開白花，不落葉。

小時候緊緊紮紮，大了就披頭散髮；發起風來，搖搖擺擺；落起雨來，眼淚巴巴。

青枝綠葉不開花，我家園內也有他；三更半夜大風起，嘩喇嘩喇又嘩喇。

空心樹，實心枒，千年不結子，萬年不開花。

二三

青鵝渺渺，水上漂漂，臨時行嫁，稈茸紮腰。

二一三

滿園竹，細簌簌，開白花，結蓮肉。

圓圓樹，扁扁枒，先結子，後開花。

小時候是草，老時候是寶；有了它就安，沒有它就吵。

渾水去，清水上，果子好食樹難上。

樹上一條[illegible]，[illegible]上一撮毛。

二一四

小小三角庵，坐個白神仙。

二一五

楓樹楓葉楓樹枝，楓樹葉下生仙桃，仙桃未成熟，內面生白毛。

像桃不是桃，肚裏長白毛，剖開毛裏看，還有小黑桃。

青枝綠葉一樹桃，外長皮來裏長毛，一天桃子裂開了，裏長碎骨外長毛。

二一六

徽處向在徽州，出世清明前後，受過多少刑罰，吃過多少苦頭，還要送客進口。

生在山中青荷荷，死在家中受苦多，大小官員由此接，十分悽慘不奈何。

生在世上嫩又青，死在世上被火薰；死後還要被水浸，苦命呀苦命。

青山蓬裏青又青，皇帝朝上第一名；天下之人皆愛我，人家無我不成人。

生在山上，賣到山下，一到水裏，就會開花。

二一七

家住水村黃泥塘，身穿湖綠色衣裳，不見受胎並懷孕，祇見大肚响叮噹。

遠看看，青山一座，近看看，水綠紛紛，不見我開花結子，只見我懷孕在身。

頭戴雉鷄毛，身穿綠旗袍，只怕肚子大，生命就難保。

二一八

青涼傘，黃涼傘，涼傘脚下一窠蛋。

青竹竿，頂團箕，米糰穿毛衣。

青竹棍，桐(1)簸箕，鷄母帶子樹下企。

【註】(1)桐，音動。

一枝竹仔頂住件瓦，幾仔乸(1)走埋一下。(2)

【註】(1)仔乸，母子。乸讀若ma。(2)走埋一下，言在一起。

三月去，八月回；打起青陽傘，抱着娃娃回。

二一九

一物好似人頭形，脖頸細來

頭頂平，有日遇着鋸齒山，裂出腦漿一般平。

名稱植物，樣子特別，腰裏打個結，老來做藥喫。

二二〇

頭頂團圝箕，脚踏爛污泥，跟着太陽轉，朝東又朝西。

二二一

青的樹，青的皮；也無葉，也無枝，沒有開花會結子，你說希奇不希奇？

烏金紙，包白糖；又好玩，又好嘗，裏面還有一肚漿。

小小青青竹，無葉也無枝；生個兒子在泥裏，穿了一件紫黑衣。

黃頭毛，直篤起，紫紅棉襖紫紅被。

漆木桶，白米飯，埋在泥裏不會爛。

黑漆碗，裝白飯，埋在泥裏不會爛。

二三二

紅嘴綠鶯哥，朝朝晚晚走我門口過。

二三三

白油紙扇白綠邊，聰明姑娘猜半年。

二三四

遠望去，碧青青，說牠是竹沒有節，說牠是木沒有心。

看看青嫩嫩，出地七八寸；好像竹頭勿有節，好像木頭勿有心。

二三五

去時只一個，轉來有十個，同披白羅衣，抱着木柱坐。

兄弟七八個，抱着柱子過，老來分了家，衣服都扯破。

冷梗樹，冷梗葉，冷梗樹下埋

白石。

兄弟五六個，抱着樹兒過，老來分了家，衣服都扯破，

二二六

高高山上一營兵，個個頭上戴紅纓。

一個童子眞俊俏，衣服穿了七八套，懷中藏有珍珠寶，頭上戴纓帽。

身穿魚鱗甲，一把好頭髮；不怕風雨打，只怕鳥獸挖。

一個老頭，穿着黃袍；脫下黃袍，一身長毛；拔去長毛，一身疙瘩；咬去疙瘩，一身瘡疤。

一物生在腰，有皮又有毛，長短四五寸，子孫在內包。

頭戴彩絲帽，身穿綠藍衫；脫了綠藍衫，一件珍珠衫；脫了珍珠衫，一身痲瘌洞。

爺蓬頭，娘蓬頭，生個兒子尖

頭。

二二七

正月行嫁二月有，抱子抱女見阿舅，阿舅問汝幾時個，一般行家一般有。

二二八

有位綠衣郎，紅袍裏面藏，生兒多黑種，肚裏水汪汪。

二二九

上打棚，下打棚，開黃花，結小

龍。

二三〇

身體瘦長，有綠有黃，自從出世，遍身生瘡。

二三一

身穿紅衣，頭戴綠帽，泥裏坐好，獃頭獃腦。

一羣白綿羊，出在草地上，羊角發青色，個個尾巴長。

紅的，綠的，白的，大大根枝小

小葉，生也可吃，熟也可吃。

紅公雞，綠尾巴，一頭鑽在泥底下。

二三二

方梗綠葉，開花像蝴蝶，結子像皂筴。

四方樹，圓圓葉，開白花，烏口舌。

二三三

爹麻，娘紅，生來兒子白鬆鬆。

麻屋子，紅帳子，裏頭有個白胖子。

爸爸麻的，媽媽紅的，生個兒子雪白棍壯的。

瓦桶⑴罈瓦桶，裏頭有條硬殼蟲。

【註】⑴瓦桶，即瓦筒。

肥肥胖胖白白嫩嫩的小孩童，外面穿了一身麻，裏面着了一身紅。

麻帳子，紅被窩，裏面睡着一個小胖哥。

麻布長衫白夾裏，桃紅襯衫白身體。

外面着蔴衣，裏面着紅衣，當中一個白弟弟。

外面穿麻衣，裏面着紅衣，紅衣裏頭做奸戲。

銅椏杈，鐵椏杈，椏杈樹上打紅花，紅花結白子，白子鑽泥沙。

麻布衣裳，白肉身體，桃紅襯衫。

外面夏布衫，裏面紅綢衫，細皮與白肉，劈成兩半爿。

二三四

珍珠白小姐，穿件紫衣裳；披着細針甲，站在水中央。

二三五

葉像輪盤根像麻；開白花，結些紅綠丫义。

彎彎床，彎彎被，彎彎娘子在彎彎裏睡。

兩頭都有角，身上又有殼；生吃和熟吃，味道都不錯。

一根草，河邊繞，開白花，結元寶。

二三六

紫梗子，開紫花，紫花結紫果，紫果包芝蔴。

紫羅瓶，紫羅蓋，紫羅帕，包芝蔴。

紫的樹，紫的花，紫的荷包，包了一包芝蔴。

紅包袱，紅梳子，梳子裏頭藏珠子。

紫紅樹，紫紅花，紫綢爿裏包芝蔴。

紅小姐，白小姐，蔭涼樹下吊頸死。

紫紅樹，紫紅花，紫紅罎子裝

芝蔴。

二三七

山上連根捉，山下滾滾落；剝了九十九層殼，不曾剝到一塊肉。

二三八

直直的開花，橫橫的結子；不生兒子打你死。

二三九

妹妹生得眞清奇，一年歸來三四嬉；不貪妹妹生得好，只貪妹妹一身衣。

二四〇

五月十五日。

二四一

綠林大盜。

二四二

黃媽媽，手段辣，年紀越老，越是沒人敢惹它。

二四三

青梗綠葉開黃花，大紅絹帕包芝蔴。

遠望紫竹林，近看角黍形，年輕穿綠襖，老大穿紅袍。

紅綾帕，青綾帕，裹面包着白芝蔴。

二四四

小小一株稻，風吹軟條條，開花多結子，結子類毛桃。

種的藥丸，出的桃樹，開的牡丹，結的橄欖。

二四五

我在深山灣裏灣，身穿油綠帶耘香，口含珍珠哈哈笑，陣陣吹來陣陣香。

二四六

撒的青菜種，生的白菜秧；開的水紅花，結的小西瓜。

二四七

少青老紅，六角分明；它分明

是植物，偏叫它動物名。

二四八

銅枒杈，鐵枒杈，枒杈樹上打紅花，紅花結狗耳，狗耳承烏李。

二四九

有件好東西，難到讀書家，又不是樹，又不是花，千年無結子，萬年無開花，有眼不貼地，雨打散花花。

有葉不開花，有根不着地。

小小一株花，有根不帶沙，有葉不開花，日日隨風走，夜夜不居家。

有葉不開花，有根不是我，別人說我浪蕩子，浪浪蕩蕩不開花。

有根不到底，有葉不開花。日裏乘風去，到夜不歸家。

圓圓水上眠。

二五〇

坐在溪灘當正，死在蘭溪，葬
在江西，魂靈上佛前。

二五一

水邊搭起茅草蓬，柱頭掛起
三雕籠。

二五二

生在山裏，死在洞裏，魂在空
裏，骨在田裏。

二五三

小小一柄傘，收不攏，撐得滿。

小小一柄傘，好看眞好看，無
法撐開來，無法收攏來。
當春不下子，四季不開花；越
嫩越好吃，老了不好吃。

二五四

白白鬆鬆一片絮，離了媽媽
滿天去！飛上空中像飄雪，飛到
池塘像翠玉。

二五五

半山岈上一張大凳板，風一

吹，腹挺挺。

二五六

小時青青長大紅，脫了紅袍換紫稜。

二五七

茶杯盅(1)茶杯，中間有個紅花妹。

【註】(1)冚和蓋通。

二五八

冚盅(1)冚冚盅，裏頭有個豆皮(2)公。

【註】(1)冚，即蓋，讀若 ham。(2)豆皮言麻面。

二五九

大哥長得美，二哥一肚水，三哥露着牙，四哥歪着嘴。

二六〇

大奶奶坐高，二奶奶穿紅袍，三奶一身癩，四奶一身毛。

二六一

大哥生毛。二哥生癩。三哥生得定伶帶癩。(1)四哥着對爛草鞋。

【註】「定伶帶癩」是凹凸不光樣子。

二六二

一個園裏紅冬冬，一個園裏看鞋帶，一個園裏打策板，一個園裏生癩瘡。

二六三

拖泥帶水的媽媽，生個遮風擋雨的哥哥，再生個紅顏粉臉的姐姐，再生個瞪眼尖嘴的弟弟。

大姐白白壯壯，二姐粗花大葉，三姐齊齊整整，四姐突眼烏珠。

二六四

大姐天上有名，二姐架上騰雲，三姐被人打死，四姐血染全身。

二六五

空筒子箭，射不得；扁筒子箭，舞不得；紅絲帶，結不得；綠絲鞋，穿不得。

二六六

大姐尖尖二姐圓圓，三姐打傘，四姐揑拳，五姐紅帶紫，六姐紫帶香，七姐遍身香，八姐雙對雙，九姐穿紅袍，十姐滿身毛。

六 礦物

二六七

生在青山數千年，十魔九難在田邊；若是將我來賁熟，一片白烟上青天。

給你猜，給你猜，大刀砍，砍不開。

一物會得流，無脚又無手；若逢天時冷，就要結骨頭。

天上生來地下出，若問容顏青綠色，有手不能去拿他，有刀亦不能夠劈。

小風吹，吹得動；大刀砍，沒有縫。

流流動動，動動流流；雖然沒腿，遍遊五洲。

軟柔柔，柔柔軟，扯不長，割不斷。

軟軟柔柔，柔柔軟軟，風吹唔去，刀割唔斷。

風吹皮皺，雨落生瘡；可以生吃，可以燒湯。

風吹皮皺，石打心穿，好食不好晒乾。

生好吃，熟好吃，雨打成痲痢，風吹要皺皮。

風吹皮皺，雨落生瘡，生吃吃得，熟吃變湯。

穿石竈，過石壁，好食不好嚙。

風來括動了皮，雨來便生了瘡，也能光吃，也能做湯。

第一低，第一軟，利刀割不斷。

箭射沒有洞，刀砍不留痕，雨來成碎錦，風起現花紋。

二六八

要他熱，加冷水。

堅硬如石，色白如雪，遇着冷水，沸騰開裂。

生在深山數千年，十魔九難在田邊；將我身體化爛下，一朵白雲飛上天。

二六九

生在山中，死在坭灶，魂在半天，骨在田中。

生在深山長在林，入了洞內沒了魂，三魂七魄歸西去，留下骨頭賣與人。

生在深山幾千年，被人捆送到人間；先染大紅再染黑，再染大紅不值錢。

二七〇

清水格外清，不可煑茶飯，更不能救火，也不能洗衣襟。看看像清水，口渴喝不來，若是著了火，萬物化塵埃。

二七一

桃園結義三英雄，劉備出兵破曹洪，張飛困在黑雲洞，雲長來到便成功。

七　服飾

二七二

隔遠看倒鬉鬚，行前看倒也係鬉鬚，不係好食個東西，係鬉鬚個東西。

二七三

低低高高兩扇翼勢蹺，前朝當富貴，今日無人要。

二七四

半隻西瓜半隻空，上頭瓜籐盤條龍，夏天看見人人怕，冬天有點熯烘烘。

二七五

要像梆來又不像，要像鐘來又不響；十個人抬上峨嵋山，還沒有四兩。

二七六

盤繞玉柱一條龍，冰天雪地不怕風；冬季最得人人愛，立春以後無影蹤。

曲折一條龍，盤在脛項中；愛牠性溫和，陪我過一冬。

二七七

有胸有背，洞裏伸出手來。

二七八

古怪眞古怪，腳裏伸出腳來。有腰無背，腳裏伸出腳來。

一件東西三個口，不論貧富家家有；有他雖然不算富，無他却是怪出醜。

二七九

四角玲瓏肚裏空，我陪小姐過一冬，桃花開後分別去，菊花開後又相逢。

二八〇

隔遠看倒籠腳，行前看倒也係籠腳，不係鷓鷇個鷓腳，係籠腳個籠腳。

一個屋細適適，僅僅住五個客。

十個仙人牽布帳，五個仙人帳內唱。(1)

【註】(1)唱諧撞。

十個小和尚，拉住一袋口；五個小和尚，一直向內走。

十個和尚張口袋，五個和尚鑽進去。

二八一

紅蚊帳，白眠床，五姊妹，共張

床。

二八二

一間屋仔窄窄，僅僅裝得五位人客。

一間房子窄又狹，裏面恰住五個客。

底底飛，底底飛，一對鴛鴦不分離，天天總是喫汚泥。

兩隻燕子著地飛，早晨出門夜裏歸。

一歡大布帳，遮蓋五和尚，日裏遮起來，夜裏地上放。

兩個燕子著地飛，朝同去來夜同歸，王帝老子愛我送千金小姐愛我隨。

覓得區區屋一棟，日則堪容五昆仲，待到三更人靜時，荒涼寂寞翻無用。

一對鴛鴦着地飛，只吃泥不吃米。

一雙玉燕靠地飛，日裏吃飽，夜肚饑。

兩隻小船兒，載着五個客，有時開船，有時停泊；青天白日，往來匆匆，夜深人靜，客去船空。

二八三

少年青，老年黃，十分敲打織成雙；送君千里終須別，拋了奴身在路旁。

小時青青老來黃，敲敲打打湊成雙；他日病來身有恙，換舊更新棄路旁。

草草相交便不休，再三邀伴送朋友，誰知朋友無情義，送到家鄉把伴丟。

嶺嶺嶺，狗牯跳過嶺，嶺嶺背兩條索，綯倒汝爸兩隻脚。

二八四

一對老母鷄，只吃爛泥不吃粞。

牛家小姑配丁郎，雨天出門晴天藏，逢泥泥上起小孔，逢石石上響叮噹。

見晴王高高請坐，見雨王請出遊嬉，見子路談天說地，見嚴嵩啞口無言。

二八五

十加十，得一十，十減十，也係十，識得者便算，不識者便看。

脫去五個，還有五個。

我有兩雙手，手上只有皮，無骨又無肉，眞是好東西。

物事線做，左右兩個；脫去五個，還有五個。

十個加十個，仍舊十個；十個減十個，又是十個。

二八六

上屋人犯事，下屋人核枷，不究問房親，先𦅻左右鄰

希奇古，兩面鼓；希奇怪，兩條

帶；希奇眞希奇，鼻子當馬騎。

精刀伶俐阿水姑，嫩夫不嫁嫁老夫，粘倒老夫一塊肉，老人做出嫩工夫。

彎彎一根籐，穿着二塊銀；把牠戴上了，看物看得清。

圓圓在眼前。

冰清玉潔嫩阿姑，嫩夫唔嫁嫁老夫，貼等老夫一塊肉，老人做出嫩工夫。

二八七

你是姊姊，我也是姊姊，你爲何動氣，把掌打我十七八記。

薄又薄如紙，狂風飄不起，不怕丙丁火，只怕壬癸水。

遠看青山一座，近看佳人兩個，看得勿明勿白，把掌切切拍拍。

遠看青山一座，近看美女兩個，若還看得不對，巴掌十七八個。

二八八

日裏鉤肩搭背，夜裏兩頭掤開。

小小一羣和尚，寄住人家身上；無事閒閒散散，有事繩縛頸上。

日裏吊吊，夜裏放放。

汝一滴，我一滴，兩人揃緊就滴滴。

五男五女配夫妻，五對相愛不分離，若是要到床上去，夫在東來妻在西。

二八九

牆這邊，牆那邊，兩個媳婦打鞦韆。

山過山，嶺過嶺，兩個姑娘，一個吊頸。(1)

【註】(1)吊頸即懸樑。

二九〇

竹夾竹，樹夾竹，觀音進殿，大小都哭。

平地起屋，千金小姐，鶡(1)低頭入屋。

【註】(1)鶡低，即俯首。

八　食品

二九一

一陣雕子白瑩瑩，一條竹篙趕入城。

一羣蝦仔雪到白，兩條竹仔趕入洞。

一籠鷄仔白𠰲蒙，(1)兩枝竹仔趕入籠。

【註】(1)𠰲蒙，白貌。𠰲讀若 mei。

尖底船，載白米；兩枝槳，划到底。

二九二

珍珠白小姐，滿身盡時裝；穿衣去洗澡，脫衣上牙床。

珍珠要嫁竹葉郎，跳過水解帶脫衣裳。

生在深山葉飄飄，死在凡間冷水澆；澆得着凡間一把米，一根黃草捆在腰。

我在青山飄一飄，一年兩季來兩遭，我問娘子討把米，娘子雙手抱我腰。

青絲鳥，白似玉，湯裏過，肚裏熱；解腰帶，脫衣服，脫了衣服便食肉。

珍珠玉粒女，嫁個窮夫竹葉郎！今晚投河吊頸(1)死，明朝解去入衙門。

【註】(1)吊頸，言懸梁。

四角尖尖草束腰！浪蕩鍋中走一遭，若還遇着唐三藏，將來剝得赤條條。

蘆葦裏有隻小白狗，戳一鎗，咬一口。

二九三

四角方方一塊田，另另碎碎買銅錢。

二九四

遠看如磚石，近看不是磚；因爲糖米做，嘗去味兒甜。

二九五

重重疊疊毛竹灘，毛竹灘下石子灘，石子灘下緊水灘，緊水灘下火燒山。

二九六

白糖梅子眞希奇，也沒核兒也沒皮。

二九七

四四方方一點紅，打起包袱走廣東；走到陽溪龍游過，到得漢口無影蹤。

白紙包松香，投在海中央；無風三尺浪，鐵絲網來張。

白紙包松香，拋在海中央；聽

得潮聲響，連忙把網張。
小白船兒怪模樣，裏頭住着肉姑娘；喜歡浮在圓池塘，一遇波浪進大網。

二九八

散索索，⑴散修修，⑵幾多摩坐⑶至得成球，得倒⑷成球仆落水，着起紅袍上岸蹀。⑸

【註】⑴索索散貌。⑵修修亦散貌。⑶摩坐，即搓也。⑷倒與到通。⑸蹀，蹲也。

讀若mau。

二九九

又圓又方，又甜又香；你若不相信，頭上一個印；你若猜不着，屁股貼膏藥。

三〇〇

籐家的女兒，配水家爲妻，糖小姐做媒，醋小姐作陪。

三〇一

又像白玉霜，又像雪花粉；可

以解渴，可以清心。

三〇二

一塊骨牌四角方，穿了一件紙衣裳；老人見了不喜食，孩子看了定要嘗。

三〇三

金吊桶，銀吊桶，打開來合勿攏。

外面白筒筒，裏面黃筒筒，一朝打開了，收也收不攏。

大小生來像個桃，又無核兒又無毛，今天讓我吃了去，免得將來殺一刀。

人人稱我黃，黃在肚中藏；外穿硬薄衣，一跌就跌傷。

黃姓有隻箱，外面白如鏡，打得開，合唔正。

爺娘兩個，都是有頭有脚，養個兒子，却是沒頭沒脚。

圓鐘對圓鐘，中間坐着黃亞

公，跌碎了，箍不攏。

一隻小小缸，裏面裝着漿，打開看一看，分明是兩樣。

一重牆，二重牆，肚裏有個紅新娘。

小小球兒圓又圓，裏面住着兩少年；一個穿着白袍子，一個穿着黃羅衫。

黃米湯，白米湯，不多也不少，恰好一磁缸。

石灰牆，沒有縫，裏面盛着一個大黃杏。

爺赤脚，娘赤脚，生個兒子無頭無脚。

外面白金桶，裏面黃金桶，一日打開來，永遠合不攏。

三〇四

這個果子眞希奇，又無核來又無皮。

三〇五

頭戴涼帽蓬，脚踏泥土中；信鬆兮信鬆鬆，絲絲硬喉嚨。

地下一條龍，有蛀孔，沒蛀蟲；有飛絲，不黏人。

豎直像煙囱，横倒像泥龍，吃起來甜水濃濃，可惜蜘蛛絲牽喉嚨。

三〇六

青竹竿，挑簍子，一年下一窩小狗子。

千同胞，百同胞，同牀睡，各有一件襯衣滿身包。

青竹竿，頂座樓，一窩和尚都伸頭。

青竹竿，頂蜂窩；吃了它的肉，還了它的窩。

一根青竹竿，黃蜂來做窠，黃蜂做出了，依舊還他窠。

油綠粉樓臺，弟兄十五六；本是一娘生，各人獨自宿。

油綠粉樓臺,弟兄十二三;本是一娘生,各人獨胞胎。

三〇七

小小瓶,小小蓋,小小小瓶裏有棵小青草。

罌盅(1)合冚盅,裏頭有柀(2)葱。

【註】(1)罌盅,即有蓋瓦盅。冚讀若ham。(2)柀和株通。讀若 pʻo。

小小瓶兒很奇怪,用手輕輕剖開來;裏面無泥又無水,生了一棵小青菜。

外邊紅咚咚,裏頭白鬆鬆,肚皮眼裏出胡葱。

象牙床,薄綾被,當中睏個綠弟弟。

象牙罐頭紫檀蓋,中間一棵小青菜。

三〇八

黑鞋白裏,裏頭有隻小襪底。

一個黑小孩，自小口不開；偶然一開口，跌出舌頭來。

一片瓦，兩片瓦，中間夾着個白菩薩。

嘴對嘴，對嘴開，輕輕提出美人來；美人落口多滋味，遍地梅花對雪開。

一隻黑漆床，黑帳佈四方；當中無別物，睏個小兒郎。

兩扇黑大門，開出來，一個白小人。

打開兩面大門，走出一個小子，赤身露體，跑到官府衙(1)裏。

【註】(1)衙諧牙。

三〇九

生根不落地，生葉不開花，街上有得買，園中不種他。

有根不着地，有葉不開花，城裏城外賣，家家不種他。

一根細細桿，兩個脚底板。

無坭有根，無枝有葉，種也不難，賣他快捷。

有根不在地，有葉不開花；雖然叫做菜，不必去種他。

白白如藕，細細如柳，有根不帶泥垢。

生根不落地，有葉不開花；街上有得買，園中不種它。

無坭有根，無枝有葉，種也不難，賣也快捷。

三一〇

四四方方一塊田，零零碎碎賣銅錢。

四角方方一爿田，一塊一塊賣銅金。

四四方方水板上，一塊白石方又方，立也沒法立得住，坐也沒法坐得上。

到水裏起病，石頭下送命，布政過一過，閻王未審清。

水裏得的病，石檻縫裏傷的命，圓圓府裏告一狀，布政司裏審不清。

四四方方一塊田，當中沒有爛汚泥；街頭看見常常有，一塊一塊賣銅鈿。

三一一

面孔白如霜，跌入圓池塘，有人來救起，面孔變了黃。

三一二

籐家的小姊，配水家爲妻，糖相公做媒，醋霸王調戲。

三一三

四方一塊布，色白還全素；重重七寸多，好像包脚布。

三一四

一片石，骨鍋裏一投，啦嗶一響，石頭沒有。

三一五

左捆右紮挑上街，當家哥哥

帶回來；自被嫂嫂丟下水，不見浮起個尸骸。

一掬砂，二掬砂，丟在河裏無摸得。

遠遠看見一碗飯，行埋(1)不敢吃。

【註】(1)埋，是近。

三一六

烏罌載白飯，就食就丟罌。

三一七

青年表表，被刀砍倒，閻(1)羅王做證，陳(2)屋人擔保。

【註】(1)閻，諧鹽。(2)陳，諧罌。

三一八

生在高州，死在羅浮，鹽司打死，埕大人收留。

三一九

白肉黃心菜；剝皮取心菜；倒掛金鈎；清水漂白。

九 建築（附建築用品）

三〇

家住直隸省，要算我最長本來勿成功幸虧萬喜良。

三一

住在半天雲，無事不發聲，一朝紅光發，大聲喊救聲。

三二

千年一東西，武林有名氣；一陣香氣到，一敗便塗地。

三三

遠望一個圈，半個濕來半個乾。

三四

遠遠一條水，頭脚皆不完；惟有中央間，一條腰帶圍。

三五

遠望好像虎邱山，近看燦爛一花籃，細花究是啥事體，繡花引針觸眼簾。

三六

遠看七孔八竅，近看龍鳳花雕，千兩銀子造造，賣買沒有人要。

三一七

生在高山，站在平地，雖然沒有讀書，却是滿身文氣。

頭戴二龍細珠帽，滿腹文章肚內揣。

生在高高山上，搬到廟堂二旁，受盡千刀萬鑿，方能萬古名揚。

頭戴蛟龍鳳凰，身穿錦繡文章；站在通關大道，不怕雨露風霜。

三一八

遠看一個廟，近看不是廟，有人來燒香，無人來討簪。

三一九

外面泥牆，裏面石牆，石牆裏面是樹場，樹場裏面有布帳，布帳裏面還有一個老先生。

一隻大饅頭，當中肉骨頭；不食也不動，常年永保留。

三三〇

魚骨睬睬，魚鱗疊疊，食人無數，吐出長在。

魚骨轃轃，魚鱗遮陰；日頭⑴膀大口，晚黑⑵會吞人。

【註】⑴日頭，日間。⑵晚黑，晚間。

遠望像烏雲。近望像魚鱗，張開口要吃人。

三三一

一屋之中我最高，終日無事橫瞓覺，合家全虧我來頂，我身一碎命難保。

三三二

兩個兄弟立得齊，雄鷄一叫便分離；只有冷風吹面上，沒有人去送寒衣。

兩兄弟，眞眞趣，日裏反面走

開，夜裏和氣同歸。

東邊一隻牛，西邊一隻牛，天黑了，便碰頭。

三三三

長的少，短的多，用脚踏，用水摸。

三三四

一隻戲台搭得高，從來沒有鑼鼓敲；只見旗張空中飄，從未見個跑龍套。

三三五

遠看一只羊，近看一垛牆，早夜吃紫草，殺開無肚腸。

說他五臟不全，心中倒又很熱；如果沒有了他，恐怕人人活不得。

四方塘，圀圙井，白眼丁（魚名）在裏滾，長足鷺鷥在邊等。

三三六

高的是海洋，低的是魚池，還

有三口井，裏面都是水。

三三七

人長身體直，心肝全沒得，外面磨干淨，裏面黑漆漆。

三三八

稀奇稀奇實稀奇，壁裏會撒尿。

三三九

有口無才一土娘，淨吃柴草不吃糧；空積錢財不能用，作條褲子沒腿上。

三四〇

金古洞，銀古洞，十隻牛拉不動。

一字生得惡，四面皆有角；一生不怕火，只怕是坍角。

初看暗洞洞，再看亮洞洞；雖然有英雄，四面不通風。

一座小圓城，城裏沒有人；只有一隻池，魚蝦都不生。

八角玲瓏，四面相通；當中有洞，諸人可用。

黑洞洞，白洞洞，十八羅漢扛不動。

三四一

遠望一頂轎，行埋⑴唔⑵似轎，睇見⑶一個龜公蹀⑷處數當票。

【註】⑴埋，即近也。⑵唔，即不，讀若m。⑶睇即見，讀若tai。⑷蹀和蹲通。讀若mau

遠望一間廟，有個龜公蹀⑴處睇當。⑵

【註】⑴蹀，即蹲。讀若mau。⑵睇當，看守生理。睇讀若tai。

三四二

遠看一座廟，近看一頂轎；進出多少人，都要帶鈔票。

一種長人消息最靈；屋裏勿登，住在路心。

一顆樹沒有了义，也不長葉子，也不開花；結成幾個白果子，誰也不愛去吃他。

三四三

一隻鳥籠眞眞大，不能掛起不能提；鳥在籠中不會跳，放出鳥籠不會飛。

三四四

四四方方一個台，無泥無土出樹來，春夏秋冬葉不落，狂風大雨打不到。

三四五

一半進，一半出，一半乾，一半濕。

一半在裏面，一半在外面，一半已經濕，一半還是乾。

同胞四姊妹，晒白分開來，經過江門裏，請出坐高台。

兄弟四個共一胎，未盡本月先分開，丙寅丁卯爐中火，火裏跳出上高台。

三四六

我和你，隔重壁，你也看見我，我也看見你。

一〇 文件

三四七

小小面子薄雖薄，賓主未見先見它。

三四八

看看有節，摸摸無節，兩頭又冷，中間又熱。

兩頭冷，中央熱，摹摹是平，看看有節。

形如金科玉律，胸藏萬寶全書，婚喪喜慶都問我，四時節氣不差分，寶寶出門皆保護，姐姐繡花向我尋。

整整齊齊，重重疊疊；看着有節，摸着沒有節，前後冰冷中間熱。

四角方方，終年掛在壁；要知月大月小，憑他報告端詳。

看去有節摸去滑，兩邊寒冷中心熱。

一篇字句非詩文，有年有月無人名；富家有他一爲貴，寒家有他不算貧。

一物頭有十二個，脚有三百六十隻；頭是有大有小，脚却有好有壞。

摸來又冇烈，(1)睇來又有節，兩頭凍鐵鐵，中間熱辣辣。

【註】(1)冇烈，無結。冇讀若 mou。

烏個烏如煤，白個白如雪，拿來算一算，二十四個節。

逢旨欽差遍地遊，談天說地講春秋，寒冬臘月拋儂去，棄舊換新把我丟。

十二個頭，三百六十脚，人人

都有份，個個猜不着。

三四九

兩姊妹，一樣長，同打扮，各梳粧，阿姊點正宮，妹妹做偏房。

兩個姐妹一樣長，一樣打扮到廳堂；姐姐來把正宮做，妹妹却是做偏房。

一母所生兩兄弟，一個東來一個西，四季衣衫一樣齊，說話言語分高低。

兄弟二個一樣長，一樣打扮一樣生，常常坐在廳堂或書房。

兄弟皮色一樣同，惟有言語不相同，弟弟立在西，哥哥立在東。

兩個姑娘一樣長，一樣的裝束，兩樣的心腸。

頭戴白盔薛仁貴，身穿紅袍李世明，天下清官包文正，離奇曲折出孔明。

三五〇

身體會大又會小，千里外的事情，他都知道；若去邀請他，他便天天來報告。

萬字不求人，萬事不求人，萬字都知，萬事都知。

重重疊疊像套衣，折開鴛鴦各自離；天下事情都曉得，無翅無翼到處飛。

三五一

窮人對富人，說好就定婚；過時不娶我，毀了婚書嫁別人。

輕飄飄，無四兩，擺在家裏月月漲。

手掌大，胡亂畫；月月漲，沒四兩。

我本豪門生，出嫁給貧人；只怕日子久，難見故鄉人。

四四方方一壢田，日月乾坤在兩邊，萬兩黃金都在內，厘戥稱來冇⑴半錢。

【註】⑴冇，卽不，讀若 mou。

三五二

四角方方地一坪，有人有物有山林，細看日月雖然有，歷盡千年不見星。

四四方方一座城，有銀有物又有人，又有日月無星子，又有皇帝無衆臣。

三五三

四方輕平，有理無聲，兩人不見面，句句說眞情。

身體又小又輕，有話沒有聲音；帶着主人的使命，無脚可以遠行。

四面角玲玲，有言乃無聲；人不能見面，說話有眞情。

內外八卦白黑紅，天下九州顯他能；對面相見不說話，遠近吉凶知分明。

風送千里行，封開如見人，見人不見面，聞語不聞聲。

四角清清，有目無音，兩上不見面，句句說眞情。

風送千里遠，拆開如見人，見人如見面，聞語不聞聲。

四角稜稜，並無聲音，兩下不見，句句話清。

四角輕輕，有語無音，隔山千里，開出便明。

四角方平，又便又輕，對面無聲，講出詳情。

三五四

他一句，我一句；他若千百句，我也千百句；我說的就是他說的。

我有一箇謎，請你猜一猜，爲官之根本，農商人人愛，幼年不努力，老大徒傷悲。

四四方方一塊磚，裏面果子

千千萬；有人吃得果子完，父做皇帝子做官。

四四方方一塊粑，滿滿粘着芝蔴；粒粒從人嘴裏過，一世也難嚼着他。

三五五

有些事兒不清楚，你要明白來問我；你們不知我都知，我是你們的老師傅。

一塊芝蔴餅，幾千幾百層；件件般般有，有色又有聲；一聲也不響，個個都有名；可查不可聞，能看不能聽。

一一 文具

三五六

四面有木頭圍繞，當中是一片平原；價格的高低如意，聽人歡喜算幾文錢。

三五七

一物生來有兩脚，一似針來一似鉗；先要針脚立得穩，好教鉗脚走圓圈。

三五八

方方一小包，內藏雲片糕，人人要做這賣買，箇箇要嘗這味道。

三五九

四角方方，生得白凈；見盡官府，治盡百姓。

三六〇

外方裏圓。

身體端方，性格堅凝，雖不會話，有話必應。

一大畝田，小半畝水，老鴉飛過插插嘴。

四四方方一塊田，烏龍來戲水，尖嘴來拜年。

四角方方一丘田，一灣清水在田邊；烏木烏兒來吃食，一飛飛到白雲邊。

四四方方一座田，水浸中間不浸邊，白頸老鴉來飲水，黑雲蓋住白雲天。

四角方方一爿田，半爿有水半爿乾，長脚鷺鷥來吃水，一飛飛到白雲邊。

先生面前有畝田，年年水大浸田邊，白頸老鴉來飲水，烏雲蓋過白雲天。

四四方方一塊田，常供書房案桌前，白頭烏鴉偷水吃，烏子將軍立田邊。

一畝由，半坵水，長嘴烏鴉來磨嘴。

三六一

年紀輕的時候，毛兒長得雪雪白；年紀老的時候，毛兒變得漆漆黑。

烏盆吃食，白地搔頭。

瘦長身子竹先生，頭髮倒長不是人；千言萬語由他說，他雖說話不出聲。

小時頭髮白，老來頭髮黑；無事戴帽子，有事要禿頭。

小姊生得白飄飄，讀書君子便拾腰，脫下帽子一蓬毛，若動弄出字來了。

身兒圓圓，頭兒尖尖，有人問他，頭子朝下，不言不語，紙上說話。

此物生來頭上尖，身子却是劈立直，滿腹文章稱錦繡，一一從頭由他出。

少年髮白老來黑，有事禿頭閒戴巾，憑你先生管得緊，管得頭來弗管身。

頭顱尖過針，帽子硬過鐵，一頭火煤鼻水時常滴。

未老頭白先，老來轉少年，送

君千里路，不出大門前。

幼時頭髮白，老時頭髮黑；脫帽做工夫，戴帽就睡覺。

一條竹枝五寸長，一頭有毛一頭光，走入烏池去食水，幫助君王寫文章，等到它年頭髮禿，免冠徒跣謝君王。

身是竹，頭是毛；烏盆裏吃食，白紙上搖頭。

頭尖尖，身瘦長，雖然不曾讀過書，却會做文章。

老人去過番，鬚髮如雪班，剛剛走到墨西哥，又想再去紅毛番。

沒手沒脚沒嘴巴，只有頭上長頭髮，戴了帽子睡覺，脫了帽子說話。

生在山上吃草，死在竹裏藏身，口乾石上喝水，說話萬里知音。

三六二

身體生來瘦又長，衣衫五彩黑心腸；雖然尖嘴會說話，越說越矮沒用場。

黑心腸，尖尖頭；跟着中國人，直走；跟着外國人，橫走；走走呀走，身子越走越沒有，到末了，祇剩一個小小頭。

尖頭把戲，瘦長身體，外面穿的木頭衣，一根肚腸通到底。

三六三

銅頭木做脚，走路勿用脚，頭當吃飽走路沿路折。

三六四

死烏溝塘中，灑竹竿頭上，葬白田灘中。

一個黑種人，跳入洗浴盆；越洗越不淨，長人變矮人。

長方一物似碑形，碑上個個字分明，後來漸漸都消化，只見字存碑不存。

三六五

外面雖然光亮，肚裏却是黑心；說他是滿腹文章罷！可是他沒有讀過書啊！

三六六

一個老媽媽，常把胭脂搽；搽一遍胭脂，生一個娃娃；個個娃娃一般樣，不是一樣不是它。

小小身兒不大，千萬黃金無價；愛搽滿面胭脂，專在書房裏玩耍。

一物紅臉面四方，能與皇家定國邦；雖然不是忠良將，且長替主站朝綱。

一二　農業用具

三六七

一人扶我到孤洲，百鳥啾啾爲我愁，三餐茶飯無人送，日後遺骸那個收。

自從三月去田間，雨水紛紛脚下流，兩耳唔(1)聞孤雁叫，定無爹媽窪佢憂。

【注】(1)唔，卽不。讀若m

三六八

紅木盆，載臘肉，誰人估倒，請佢吃粥。

三六九

烏牛子，背弓弓，會食草，不會通。

嘴尖背駝，牙齒很多；忙時在田裏吃草，閒時在壁上做窠。

三七〇

日裏拜天地，夜裏顛倒掛起。

懶做莊稼不使糞，扒來扒去淨糊渾；生下八個光棍子，身子彎彎眞一樣。

三七一

木頭鐵嘴腦袋扁，背後插着

一條桿，吃些木食無飢飽，喝水必到石頭山。

三七二

口大無齒，腹大無臍；也會吃豆，也會吃米；吃飽了東西，掛在擔上挑起。

長頸鵝，食穀多，行遠路，無屎屙。

尖嘴鳥，貪吃粗；不撒尿，嘴裏吐。

三七三

兩姊妹，平平高，一個綁頸，一個抽腰。

三七四

身體搖搖轉，珍珠顆顆飛；黃馬跑中間，白馬跑四圍。

快快逃，快快逃，赤膊的逃出，穿衣裳的拿牢。

三七五

上圓下圓內外圓，內外圓來

同一般上無天羅遮着口，下有地網緊靠邊。

三七六

身上生得毛鬆鬆，好像一個大披風；不是孔雀毛做的，人人叫他雨公公。

蓬鬆又蓬鬆，好像一口鐘；孔雀毛羽做成功，人人叫伊雨太公。

三七七

弟兄四個共條街，我不到你屋裏去，你不到我屋裏來。

三七八

四角方方一座城，城裏下雪城外晴。

三七九

豎起像廊柱，攤開像平地。

又圓又扁又四方，日頭一出尋眠牀，日頭落山尋歇店，索做腰帶到天光。

三八〇

黃泥土築城牆，一陣轟轟響，個個脫衣裳。

上市人牙齒痛，下市人肚臍痛，請倒鈎鼻先生來醫，緊醫緊痛。

黃泥坪，竹絲城，大砲一響兵就行。

黃泥坪，竹籬城，聲響了，兵便行。

三八一

隔遠看倒袋喙，行前看倒也係袋喙，不係袋米穀個袋喙，係袋喙個袋喙。

三八二

一個老頭子，年紀八十八，嘴裏吃，腰裏撒。

遠看一匹馬，近看沒尾巴，肚裏團團轉，口裏吐黃沙。

一條馬，沒尾巴，肚裏轉葉子，

嘴裏噴蓮花。

黃牛子，瘦出骨，一面食，一面出。

隔遠看倒牛馬般，行前看倒喙昂天，隨食隨屙屙硬屎，越屙硬屎越多食。

又像黃牛又像馬，無頭無尾巴；肚裏翻觔斗，嘴裏噴黃沙。

隔遠看倒一頭馬，行前看倒喙丫丫；肚裏轆轆轉，喙裏出棉花。

三八三

小小一條街，鑼鼓鬧嘈嘈，落雨無點水，天晴水浸街。

三條板，搭座橋，許多小板上下跑。

一條狹狹的街，街裏滿掛了招牌。

一羣鵝，趕下河，喝清水，上高坡。

烏雞娘，紅肚腸，走到田頭哭一場。

三八四

十扇龍門九扇開，關得牆門等郎來，得知郎君來不來，房裏姑娘哭哀哀。

三八五

四角方方，落在長江；雙手舉起，眼淚汪汪。

滿天星，滿腷膊，一個天，四個角。

來時路通，去時路不通；可憐花大姐，困在竹林中。

四角方方，放下長江，連忙撈起，眼淚汪汪、

手拉去濕濕，手綁去長長，拿到鼻腥腥，園籬上[illegible]涼。

三八六

面朝泥水背朝天，手執仙花水面點；由青而黃生珠粒，由黃

脫白可賣錢。

三八七

一人穩立釣魚台，腳踏魚鉤水下；栽栽的白浪現珠粒，煞渴充飢入腸懷。

三八八

出門要早，日出就跑，手執竹鉤，喫得滿肚皮，回去養活寶。

三八九

四條木柱起高樓，百萬將軍在裏頭；但得姑娘載飲食，百萬將軍舉起頭。

三九〇

一位仙翁過大海，抛下天羅地網來，任憑妖物逃的快，自然捉入葫蘆來。

一三　工業用具

三九一

頭戴翻纓帽，腳踏黑漆靴，只

因挖窟窿，被人打不歇，頭帶壽(1)帽，脚著烏靴，因爲挖窟子，被人打得多。

【注】(1)壽諧樹。

三九二

頭戴木帽子，脚穿鐵鞋子，腰裏縛索子，走路兜圈子。

三九三

小小老鼠桌上睡，也沒脚爪也沒嘴；打起洞來用甚麽？筆筆直直一條尾。

三九四

一條長蛇古怪古，口咬東西嘰哩咕，從頭至尾盡牙齒，一面咬來一面吐。

三川壇，二頭巷，鐵將軍坐在第一巷，木將軍坐在第二巷，羅成(1)帶劍坐第三巷。

【注】(1)成諧繩。

一條烏龍，往來不歇；我在高

山，看他下雪。

一條烏龍，往來不歇，嗶喇嗶喇，滿地下雪。

一條黑路，你去我來；黑路走完，兩邊分開。

三九五

兩隻手，左右拿，跳上跳下像青蛙；口中白紙張張過，事業不平不放他。

兩耳尖尖嘴更長，青鋼一片口中藏；世間多少不平處，請得牠來終掃光。

一部小車向前行，初出之時路難行，連走數次車覺輕，道路平處車亦停。

唧唧唧，背上兩隻翼，肚底下食物，背梁上屙屎。

兩手緊緊拿，跳上跳下像青蛙，口中白紙張張過，事業不平不放他。

一手抓，一手挪；跳上跳下像蝦蟆，口啣白紙張張過，撕不平來不放他。

三九六

城裏一根藤，城外來生根，挖起一棍子，嘰哩咕嚕逃進城。

一去剛搓黑，小姑緊跟隨，心中無斜事，去了就轉回。

黑漆大門黑漆街，黑娘養個黑娃娃，一生不做歪斜事，出門彈彈就回家。

黑夜行前去，並無兩條心；鄉人一把捏，速即轉家門。

西門外面一根藤，爬到東門去着根，的搭把牠拿一下，嘰哩咕嚕罵進城。

三九七

四方頭，扁瓜嘴，腰裏一隻眼，眼裏一條腿。

方方頭，扁扁嘴，旁邊生了一

隻眼，眼裏長了一條腿。

三九八

亮爍爍，滑溜溜，眼睛生在屁股頭。

頭尖尖，尾圓圓，穿得多少好綢緞，嬉得多少好花園。

頭尖尖來尾團團，遊了多少好花園，穿過多少綾羅緞，佳人見他便親愛。

一條小蟲，專蛀小孔；不蛀沒有用，蛀了方有用。

單眼佬，白頭瓤，穿紅穿綠又穿黃；紅粉佳人至愛我，至終有日爲花忙。

小小姐兒頭尖尖，尾巴長在眼裏前；不長尾巴不穿衣，長了尾巴把衣穿。

小小一位白兒郎，穿紅穿綠又穿黃；跟着懶婦倒還好，跟着勤婦忙又忙。

有眼無珠一光棍，常常走進人閨闈，見的是美女紅顏，穿的是綾羅綢緞。

光亮亮，滑溜溜，家家戶戶把我留，眼睛生在屎𡰪(屁股)頭。

磨得咀兒尖，望得眼穿，推一推走一步，私房路上去相連。

家裏有隻百寶箱：擎天柱，牽牽綳綳；翻天印，飛飛揚揚；烈烈轟轟做一場。

白如雪，白如銀，終日不離在側根；(1)衣服穿盡多還少，倏時反面血淋淋。

【注】(1)側根，言側邊。

三九九

四四方方一座台，十粒黃蜂來採梅，採起梅花朵朵開，小姐看看眞可愛。

四根柱子搭空台，美貌佳人坐下來，手彈琵琶冰綳響，四季

花兒朵朵開，

四角方方，白紙糊窗；跳出金鷄，飛出鳳凰。

四〇〇

豎起十寸高，睏倒十寸闊；猜猜看，猜勿着。

站着一尺高，睡着一尺闊；我就說破他，你也猜不着。

短短一條蛇，身上有十節，不爬上油鹽柴米，金銀銅鐵；祇爬上綾羅綢緞，木石田野。

四〇一

有了嘴巴無舌頭，肩膀之下沒有手；生性凶惡更破壞，眼睛生在喉嚨頭。

小小狗，沿街走；走一步，咬一口。

兩腳鉤鉤，兩眼溜溜；張開口來，沒有舌頭。

頭面碰了頭，下面腳來勾；當

中有隻口，會得鑲筍頭。

尖嘴無舌頭，眼睛生在喉嚨頭。

有嘴嘸有舌頭，有眼嘸有鼻頭，兩脚翻起肩胛頭。

有意頭相合，無情脚兩開，中間分已定，長短任君裁。

也沒頭來也沒腿，前面一張尖尖嘴，後面一對彎彎尾；吃了一世的東西，不見他一塊塊的吞下去，祇見他一口口的皺稀碎。

有食喙對喙，無食背對背，一個伸脚眠，一個屈脚睡。

有嘴無舌頭，有眼無鼻頭，兩條腿彎曲像小鉤。

四〇二

銅船木櫓，載船紅貨，微微細雨，平平行過。

銅船搖木櫓，滿船裝熱貨；錦

繡河山裏，慢慢搖將過。
鐵船木舵，裝着紅粮雜貨；快過快過，不過就要惹禍。
有隻火船載貨，打在蘇州經過，水手未曾到齊，火伕急急撐過，幸得快快過，險些賠人貨。

四〇三

外面麻面裏面光，戴在小姊小頭上；小姊做花只怕痛，一針一針我承當。

一個姑娘滿面麻，尖槍刺她她不怕，許多男子不要她，只好在婦女手裏過過罷！

四〇四

手打拳，脚打拳，食白飯，屙肉圓。
背負弓，無箭射，手拉弦，彈彈下，仙人擕手白雲端，滿天雨雪紛紛下。
長木梢，短木敲，金鷄叫，雪花

飄。

鐵客對木客，鐵客挑柴賣，木客賣牛厄，前面落雪子，後面雪落白。

四〇五

着地一株蒲，蜒藤延在竹枝山，開花開在五爪山，結子結在定海關。

遠看一團竹，近看嗚嗚哭，問他哭甚麽？軟軟長藤纏滿了背脊骨。

一根繩，牽過城，城轉繩也轉，城根底下一個大鷄蛋。

四〇六

一隻大狗，站着不走；吃了羊毛，會撒黑豆。

嘰哩勾留，爬上凳頭，只吃脂油，不吃骨頭。

四〇七

前面三把槍，後面一個鳳姣

娘；只聽見馬鈴響，不見馬兒出外場。

你睡倒，我坐倒，拿你的肚子盤大了。

四〇八

高高山，低低山，鯽魚游過白沙灘。

一個鯉魚兩個頭，紗家港裏來回游。

一個鯽魚兩個頭，挖出肚腸還會走。

四〇九

白龍盤得高，白雪搭成橋；橋上頭鸚鵡叫，下底踏長蹺。

身坐南海大殿，腳踏雲南四川，手執寧波漁船，眼看蘇州掛起。

遠看如一廟，近看無人到，腳踏機關動，小犬兩面跳。

身坐觀音大殿，腳踏雲南四

川，口吃常州掛麪，手執寧波蛋船。

金鷄叫，鯉魚跳，看看路不遠，到老走不完。

頭上金鷄叫，脚下鯉魚跳；南山路又遠，那天走得到？

身坐杭州五鳳樓，脚踏金華浮橋頭，眼看蘇州索麪店，雙手捧個鯉魚頭。

四一〇

小小白玲瓏，爬山過嶺製衣裳，穿得衣裳來洗浴，洗得浴來脫衣裳。

東邊出日頭。西邊雨稠稠；岸上鷓鴣叫，河裏鴨蛋遊。

四一一

一將執叉發號令，一對瓜鎚打火星，只見火星四面射，少時火星變烏金。

風聲一起，滿船紅火，打做一

團，自家併伙。

四一二

鐵打鐵麒麟，坐在店堂城口咬百蒲草，救盡天下命。

四一三

半邊月，兩頭遊；千年唔(1)見舟流水，萬年唔見水流舟。

【注】(1)唔，即不，讀若ㄇ。

四一四

四脚敵，肚裏脹，尾巴好挑擔，嘴裏吐滑痰。

四一五

大姊明星朗月，二姊快嘴快舌，三姊鑽頭覓縫，四姊忽冷忽熱。

一四　商業用具

四一六

團團面上有隻眼，眼裏無珠，眼邊有字，雖然無脚，走盡天下。

外圓裏方。

叮噹響響，叮噹又圓又扁又四方。

又圓又扁又四方，四邊四便伴君王；得佢來時眞正好，佢不來時心就忙。

外面圓，內面方，小寶寶向媽媽要；要得來，吃香糖；要不來，淚汪汪。

面龐圓圓一隻；眼眼裏無珠

旁有字。雖然沒生腳，走遍全中華。

又圓又扁又四方，四片文章腹內藏；一國之中皆走到，米粒鹽屑都不嘗。

圓圓如月亮，方方如明堂，四方四座寺（諧字），寺裏無和尚。

四一七

面子圓圓，應酬周到，天下人

民，見渠就笑。

七十二歲一老翁，種花養鳥往來忙，人人見他多歡喜，成得富來救得窮。

四一八

本是童（諸銅）生，假裝秀才，進場一考（諸敲），倒霉轉來。

四一九

四角方方一張皮，打他罵他勿動氣，心腸生得好勢利，人人看見多歡喜。

四二〇

一間屋子兩邊過，五男二女齊齊坐，何事打起來？因爲家財分未妥！

二哥講話眞荒唐，聲聲五代盡同堂，誰知共屋成鄰舍，隔開柵門無來往，好比手指分長短，時時分開強弱房。

十字當中一條河，兩邊兵馬

不一樣多；多的少，少的多

滿田種荸薺，工作甚細微，有人來纏擾，耕種要重起。

一宅分爲兩院，五男二女成家；一時打得亂如麻，直打到清明方罷。

天運人功理不窮，有功無運亦難逢；因何此事紛紛亂？只爲陰陽數不同。

孫五子分天二地，楚霸王力托千斤，張天師五雷相助，孔夫子定奪乾坤。

上山斬舊(1)離碌(2)木，門(3)張離碌牀，生的離碌仔，離離碌碌，碌滿一牀。

【注】(1)舊，和塊同。(2)鬬，釘成。(3)離碌，不安穩定而搖動的意思。

木做板障，竹做排梁。珍珠排滿，慢慢參詳。

一家分兩院，兩院子孫多；多

的倒比少的少，少的倒比多的多。

兩兄五弟共一娘，兄弟分家隔一牆，天下如有不平事，只要兄弟來商量。

四四方方一坵田，無泥無水總常乾；甚麽東西都不種，只種荸薺在裏邊。

四面短短牆，當中隔道梁，兩邊睡着二羣羊。

方方一坵田滿田種橄欖；窮漢至多挖半邊，富人可以全挖遍。

兄弟五個，姊妹一雙，五子挑釁，乒乒乓乓打一場。

木做牆，竹做梁；顆顆珍珠穿在橫梁上。

聚寶盆兒烏又烏，盆中不滿百粒珠；有人用手撥一撥，千千萬萬無其數。

四二一

四四方方一座城，城中計得百間廳，間間都有皇帝到，一間唔到就開聲。

四二二

十個姊妹一樣長，一朝一夕想才郎，一日才郎想到手，千個才郎共一牀。

四二三

一物生的節節通，銅元洋鈿往下充。

四二三

奇奇怪怪，怪怪奇奇，有一匹六條腿的驢，騎着它不走，走着他不騎。

四二四

兩雙手指咁多(1)白紋財，我係蘇州個便(2)來見盡咁多(3)紅粉女，見盡咁多要秀才。

【注】(1)咁多，如此之多，此言剃刀的寬如兩手指。咁讀若 Kom (2)個便，

那處。⑶咁多，言極多。

四二五

早晨出門夜晚歸，飄飄搖搖隨風飛；我請人家喝個醉，無人請我喝一杯。

四二六

店主教我請客，天明請到天黑；倒底來不來，我可不曉得。

天天門外去請客，大早一直請到黑，老板問客來不來，這個我也不曉得。

四二七

在家四隻腳，出門六隻腳；後面烘烘烘，前面塔塔塔。

遠看像隻馬，近看不是馬，是馬少尾巴，好像孤老頭搬家。

站住了八隻腳，走起路來兩隻腳；叫起來多多，不會吃人人吃他。

一間小小屋，可以肩上抗，半

間作廚房，半間燒火帶敲梆。

一五　交通用具

四二八

頭像烏龍，身像蜈蚣，烏氣直冲，走路飛風，人催不走，旗揚發動。

頭圓圓，脚圓圓，脚踏鐵條頭冒烟，肚裏吃飯，肚裏說話；沒有他，百里算不得近，有了他，千里算不得遠。

一條長蛇伏地行，腹中能吞千百人；須等長蛇身不動，衆人方可逃性命。

長龍一條向前跑，逢山開路水搭橋；頭上黑雲又飄飄，走起路來一直叫。

長龍一條，逢山開路，遇水搭橋，黑烟飄飄，且走且叫，背了哥嫂，向前直跑。

一條大蜈蚣，行走快似風；要停限點鐘，身穿鐵鞋子，沒線就不通。

四二九

路上兩條繩，一直拉到京城。

四三〇

一隻田鷄勿會跳，走起路來嗚嗚叫；吃的外國水，放的外國屁。

一面跑，一面叫，腳下甩了帶二條；兩條花帶長又長，甩滿大街沒人要。

猛虎不在深山，熱鬧場中往還；貧人却然避他，富人却又騎他。

轎不像轎，肚裏用火燒，兩隻眼，向前瞧，看見人咕咕叫，上面有位江北老，還有王小姐張大少，十里洋場到。

四腳圓墩墩，眼睛像銅鈴；婆

婆一聲叫，嚇退路旁人。

他說轎也不像轎，兩隻眼睛光亮好；見人開口會講話，言語未了四面跑。

一隻虎，路當中，瞪着一雙眼，賽過大燈籠，跑到十字口，對人哼幾哼。

四三一

一隻獨角牛，尾巴在上頭；倘無牧童牽，終究也勿走，

有船不落河，祇好着地拖，桅桿豎勿直，把舵要敲鑼。

這隻古怪獸，背長一隻手，來也靠左手，去也靠左手。

有船不落水，祇在地上拖；桅桿豎不直，把舵要打鑼。

四三二

爹爹姓黃娘姓包，養個兒子卻姓車；終日不在家中住，任意在外兜圈子。

一個人逃，一個人追，追的人不用力，逃的人拚命逃，請你猜猜看，這個謎兒是什麼東西呢？

坐的也是人，拉的也是人，一個前面走，一個後面跟。

四三三

小小兩腳馬，有腳却無尾；不飲也不食，行走快如飛。

我的馬兒眞正好，一天到晚不吃草；常在地上跑；地上跑，放起屁來像牛叫。

又要馬兒騎得好，又要馬兒不吃草。

此物希奇，無翼會飛，不能自行，依靠人騎。

坐立不穩，走路如飛；無頭無尾，好當馬騎。

有骨亦有皮，有頭卻無尾，不飲更不食，行走賽如飛，

兩腳馬，一人騎；身體雖然小，

快却快無比。

四三四

長頸鵝，食水多，行長路，沒屎屙。

四三五

洞庭湖裏一根草，萬里會徑路不少；看去雖然長水中，年年漲水淹不到。

四三六

少小時，綠鬢婆娑，自入郎手青少黃多；經過幾多磋磨歷盡幾許風波；莫提起，提起來淚滿江河！

想當年綠鬢婆娑，一入郎手青少黃多，受盡幾多磨折，歷盡幾多風波，勿提起，一提起，淚灑江河。

四三七

一條黑蛇，四個頭，要用時往外一跳，不用時往裏一收。

四三八

柔柔軟軟，軟軟柔柔；風吹不去，水大不流。

四三九

兩支靑龍蟠木斗，一支放長一支收。

四四〇

火燒東海三層樓，不見火光見烟頭，不化灰塵反會走，遊過江湖各碼頭。

不着地，不騰空；一座高樓，搭到東海東。

四四一

又圓又扁又四方，滿天星子照月光。

四四二

形有碗樣大，常在腰間掛；離地三尺高，踐在脚底下。

四四三

歇時不見脚，行時八隻脚，休

道我腳多，肚裏還有兩隻腳。

四四四

不走路來，沒手沒腳；不要說我的手腳多，肚裏還有兩手和兩腳。

在家無人，出家有人

前兩條腿，後兩條腿，肚裏還有兩條腿。

抬起四隻腳，放落八隻腳，烏龜脫殼十隻腳。

不通不撥四隻腳，通通撥撥八隻腳，四腳頂上兩隻腳。

不移不動四隻腳，移移動動八隻腳，烏龜脫殼十隻腳。

四四五

聽聽又搖搖，會哭又會笑；尊姓與大名，問了多多少。

門外叫開門，開門不見人，若要問我眞名姓，開開門來便分明。

無嘴會說話，無手會搖鈴，相隔數十里，聲音還是淸。聽聽搖搖，爲講爲笑；尊姓大名，換了多少。

四四六

圓面孔，細肚腸；有人來，聲音響。

指着你的臉，按住你的心，請你通知主人翁，快快開門接客人。

四四七

一個四方捉人籠，男女紛紛向內冲，頃刻騰雲如駕霧，少時又起落帽風。

四四八

天裏飛過，泥裏耕過，河裏行過；遠在千里遠，一睫可行渡。

四四九

我有一隻大蜻蜓，過江過海過山嶺；法家留在身，丟落西瓜打殺人。

我有一隻大蜻蜓，過江過海過山嶺，法寶帶在身，丟落西瓜打殺人。

四五〇

我是站在馬路旁，面孔方向有辰光；一日到夜少開口，開口就是綠衣裳。

一六 娛樂用具（附娛樂事項）

四五一

外面很大裏面小，外面端正裏面倒；綫兒穿進多多少，人人知道看不到。

四五二

我有一面西洋鏡，鏡裏養出新國民，諸君若要尋替身，我來幫你代費心。

內有妖魔鬼怪，小孩看見一嚇，奇形惡相都有，其實一些無啥。

四五三

太陽高高照，一點看不見漆黑漆漆黑，愈看愈明白。暗地做生活，天明不見人；喜笑看得出，怒罵不聞聲。

四五四

原來深山一根柴，做官做府做太爺，綾羅綢緞都穿過，從無穿過半隻鞋。

不食飯，不耕田，不會讀書，會講聖賢；每日都講朝廷事，出門三步要人牽。

生在山邊企，死哩著袍褂，有口不能言，愛請人傳話。

遠看好像一座亭，亭裏只有一個人，手忙腳亂嘴不停，現出許多沒腳人。

原是深山一根柴，做官做府做太太，綾羅綢緞都穿過，從沒穿過半雙鞋。

四五五

做官做府無縣堂，親生兄弟不同娘，結髮夫妻不同床，萬頃家財無錢糧。

不像瓦屋不像房，文武百官在裏頭，親哥親弟不同母，兒女夫妻不到頭。

四四方方一座樓，男人梳的女人頭，穿紅着綠多好看，恩愛夫妻不到頭。

日行千里不出鄉，同胞兄弟各爹娘；高中狀元無榜上，(1)結髮夫妻唔(2)得久長。

【註】(1)上，登。(2)唔，不。讀若ㄇ。

新做大屋不上樑，同胞兄弟各爺娘，個個都有官長做，誰知個個命不長。

有廳有堂拼有樓，男人梳起女人頭，金榜名題空思想，洞房花燭不到頭。

四角方方一座樓，男人裝起女人頭，狀元及弟空思想，騎馬坐轎都自走。

有君臣父子，有叔伯兄弟，有朋友夫妻，像煞有介事，頃刻各分離。

同胞兄弟各爺娘，做官做府無合糧，日裏穿衣叉帶帽，夜裏睡目無眠床。

有樓有閣屋內空，忠臣孝子在其中；待看日出分離後，恩愛夫妻不到終。

恩愛夫妻不同床，的親姊妹不同胞；有事高官做，無事各散場。

四五六

一個戲法二人做，一句話來

二人說；同笑同哭誰眞假，一場笑話把人瞞。

四五七

看看又滑又圓，摸摸又硬又輭；打了他，就要跳，踢了他，就要跑。

小弟弟，面皮老，打一打，跳一跳，打得重，跳得高。

身體圓圓形，空氣肚中存；有人打他他不服，跳來跳去跳不停。

看看又滑又圓，摸摸又硬又輭，踢一下就要跑，打一下就要跳。

一物生來巧又奇，兒童都愛這東西；跌在地上會爬起，落在水中不沈底。

裏面空洞洞，外面圓洞洞，不打不會動，打一打來蹦三蹦。

一個頑皮的小寶寶，會跑又

會跳；你越打他，他越蹦跳。

小寶寶，面皮老；打一下，跳一跳；打得重，跳得高。

四五八

一塊小小是戰場，兩邊有兵又有將；要知何時分勝敗，頃刻之時就散場。

小小一戰場，兵將士卒集此方，乒乒乓乓打一場。

會吃沒有嘴，會走沒有腿，過河沒有水，敗了沒有罪。

男也十六，女也十六，日裏同桌，夜裏同宿，做了一世夫妻，從來不相和睦。

小小一座城，城裏城外都是兵，兩個神仙來對坐，不動刀鎗有輸贏。

四四方方一座城，裏面兵馬亂紛紛；兩個將軍來相戰，不用刀槍就上陣。

頭戴孔夫子文章，脚踏魯班師平陽，向前一步上戰場，退出一步只相量。

兄弟分居各西東，爭先奪後稱英雄，分受產業都一樣，瞬息之間分富窮。

四五九

遠看山有色，近聽水無聲，春去花還在，人來鳥不驚。

遠望青山隱隱，近看綠水沉沉，人來鳥不飛，風吹花不動。

十指尖尖不繡花，不思飲食不思茶，有眼不觀天共地，有頭不戴路邊花。

十年萬年，總靠牆站，只穿衣裳不吃飯。

四六〇

一對鐵船，男女好穿，若要白相相，時節在冬天。

四六一

大風不怕，小風不怕，只怕小雨彈彈。

青竹環，飛過山，風吹不怕，只怕雨打。

青竹藍環，飛過高山；風吹不怕，祇怕小雨彈彈。

空中有一鳥，須用線牽牢；不怕大風吹，只怕細雨飄。

階下兒童仰面時，清明時節最相宜，遊絲一斷憑空去，莫向東風怨別離。

一物眞是不難扮，登空而起半空懸；來來往往甚好看，飄飄鷂鷂如登仙。

外面風光甚好，可正直上雲霄；望你早歸故里，恐在他鄉落了。

四六二

出身本是竹家莊，母親生我二八雙，哥哥念四做漢王，弟弟三六做楚王。

四六三

裏羅城，外羅城，中央燈火夜通明；團團兵馬包圍住，燈不休時馬不停。

圍圍遊了又來遊，無個明人指路頭，除却心頭三昧火，刀鎗人馬一齊休。

諸葛擺好空城計，城外圍住司馬懿；戰南戰北戰東西，一場大戰最希奇。

小小戲台明如晝，幾個戲子繞場走，若問他是甚麼物？他是玩具算魁首。

團團圍住像京城，城裏兵馬鬧盈盈；當中點起全燈光，刀槍四面密層層。

團團圍住像京城，城裏兵馬亂紛紛；當中點起齊心火，刀鎗四面密層層。

四六四

立不定，坐不安；鬚已白，像小囡。

有趣眞有趣，孩子生胡鬚，跌得倒，爬得起，一年到頭笑嘻嘻。

坐也坐不安，立也立不牢；只會老年紀，不會身體長。

笑嘻嘻，孩子生鬍鬚，跌得倒，爬得起，一年到頭笑嘻嘻。

坐不穩，立不安，跌得倒，爬得起，年紀到有九十幾，歡喜去引小弟弟。

怕睡覺的老頭兒。

下身無腳，不坐欖子好坐棹，年紀高，精神惡，眠不安，睡不着。

四六五

此生從未入娘胎，昨夜天宮降下來；今日人間借一宿，明朝日出上天台。

好個白嫩小寶寶，又白又嫩

眞正好；一面鏡子來照照，漸小漸小不見了。

四六六

小地球，空中遊；自從開闢到末日，仔細替他一算，還不到半個鐘頭。

四六七

遠看包子點心，近看起酥月餅，仔細看去鼻頭眼睛。

四六八

喊他的名不應，打他的頭就哼；幸而頭皮還硬，任你打着不疼。

四六九

小鷄小，不會叫，只會跳，跳過脚背跌一交。

三根鷄毛飄飄飄，小孩和我眞開笑。把我踢來把我拋，弄得我昏頭昏腦。

宣統皇帝年紀小，頭戴三更

雉鷄毛；搖着男女革命黨，一脚跌去朝天跑。

四七〇

我在高高坐，大小都愛我，我愛我無用處，一場歡喜一場空。

四七一

筒筒就筒筒，筒得路不通。白馬將軍來引路，一朵鮮花滿地紅。

小小花瓶不見花，開起花來百枒杈，梅蘭竹菊様様有，只好看看不好拿。

小小花瓶幾寸長，說有名花裏面藏；一朝開出梅蘭菊，只有光彩沒有香。

小樹勿生根，花開白如銀，眼睛閃一閃，花落樹空心。

四七二

小寶寶，不會跑，只會笑，花花衣衫脫不掉，重的一打就變了，變成骷髏人不要。

土公土母並遭害，身劈兩開肚內空。

四七三

紙糊國裏來了一班盜，有的怒，有的笑，有的黑面有的白毛；小孩子看看怕，想想要。

四七四

箱中不見人，但聞人語聲。

奇巧奇巧，會說會笑，敲敲鑼鼓，吹吹洋號，唱唱蘇灘，哼哼京調，要他開口，搖他幾搖。

四七五

小小樓房，造就百頁窗，樓下有人走路，樓上有人開窗，開得窗來聲音丁丁當。

四七六

一條長弄堂，中間七八個小天窗；一陣小風起，滿堂風聲響。

望進去，一條暗胡同，接着還

有幾個連環洞。

一條黑弄堂，開了七八小天窗。

七個兄弟七處居，一個住在獨家村，一陣橫風吹進去，弟兄七個開關門。

小小一條弄，開了七八個洞，吹吹有聲，人人喜弄。

四七七

黑光大漢一條，六個眼睛很小；來了六位公子，按眼唱出小調。

新做橫屋，共有七間，一間蓋瓦，六間露天。

七個兄弟七處住，一個住在獨家村，一陣橫風吹過去，兄弟七個開關門。

四七八

頭上三隻角，屁股花綠綠；背脊放下三根索，坐下就要抓。

三條大路透古城，古城聚下五營兵，桃園結義三兄弟，馬不離鞍鎮古城。

一根木，三條索，叮叮噹噹唱一曲。

頭裏三隻角，腰裏三根索，日裏緣街走，夜裏戳壁角。

四七九

出身高，名譽好，肚腸生得多，令人開心，能退干戈。

志氣高，生意好，肚腸生得多，令人開心，能退干戈。

四八〇

一隻大虱子，抱來當兒子；叮噹又叮噹，淫煞隔壁小夫子。

四八一

屋裏一隻黑雞婆，你越打她，她越唱歌。

四八二

有了嘴巴沒鼻頭，一敲敲痛

額角頭，有嘴不曾會說話，說起話來叫不休。

出身出在樹裏，住身住在廟裏；嘻開一張笑嘴，讓著和尙打伊。

一物眞希奇，有嘴沒肚皮，叫來蝦蟆聲，看看像田雞。

本從山中出，開口向佛說；有人若打我，聲聲只叫屈。

生在山間企，死在棹上放，牙西西，像乜樣。

家住深山蓬裏青，木尙老師挖我心，和尙尼姑常打我，頭皮打破不關情。

爹娘，你爲甚麼把我生在山上？木匠，你爲甚麼挖了我的心腸？和尙，你爲甚麼不住地敲我頭上？

出身在山裏，住身在廟裏，敲一計笑嘻嘻。

四八三

一對童子一樣高，身穿鎖子大黃袍；五虎將軍來捉住，一聲聲叫徹九霄。

四八四

大肚子，皮來綳，碰一頭，爲得響。

陳皮兩塊，木通一甬，丁香無數，半夏一聲。

木大王做成圈套，牛神仙一

面當朝，鐵將軍團團圍轉，二光棍吵鬧一場。

木將軍做成圈套，牛丞相兩面提防，垂楊姊妹一到，大鬧廳堂。

面團團，耳環長，鈕頭⑴滅頸⑵過村鄉。

【註】⑴鈕頭，頭左右搖。⑵滅頸，頸引縮。

面圓頭大像富翁，身長細小

一條龍；兩耳垂肩分左右，說起話來鬆鬆鬆。

一位姑娘瘦條條，頭輕腳重站不牢；兩耳金環左右飄，說起話來響嘈嘈。

隔遠看倒摱皮，⑴行前看倒也係摱皮，不係好食個麥皮，係摱皮個摱皮。

【註】⑴摱音慢，作擘解。摱皮諧麥皮。

四八五

童家叔叔伯伯，十二月廿七八，上來做嬉客，澎湃劈拍鬧得快煞。

四八六

口大舌頭長，走路叮噹響。

獨腳朝天，圓嘴伏地；被人一搖，喊天叫地。

端端整整坐着，口舌就是機關；有時命令一出，誰也不敢阻難。

端正正坐定，口舌是命令；身子一搖，大家聽聽。

四八七

水晶眠床水晶被，赤體和尚睏進去，澎澎湃湃白相相，不着衣裳不走起。

四八八

竹老爺在手，線知事在堂，毛小利頭鑽鑽，鐵原差便動身。

半天不動；忽然一動，上面歡喜，下面好痛。

四八九

小小學院出考題，兩邊文武站得齊，有才之人中出去，無才漢子笑嘻嘻。

軍師出個令，訟師旁邊聽，軍師令出好，訟師多麻煩。

將軍出個令，小兵旁邊聽；將軍令出好，小兵多煩惱。

文章可愛有來由，你出題來我來愁，若得一言來解決，開釋心中萬事憂。

四九〇

手中一把抓住你，心中不住想着你，我想一聲喊着你，又怕喊錯不是你。

伸手握着大拳頭，心中不住胡亂猜，若是一聲喊中你，我就償你水一杯。

一七　家用品（附日常生活）

四九一

主人請我居中靠，身體好像一頂橋；橋下無船無水，橋上從無人過。

四九二

有面無口，有腳無手；又好吃飯，又好喝酒。

有面無口，有脚無手；做得文章，吃得老酒。

有面也有口，有脚却無手，聽盡說話喝盡酒。

四隻脚立地頭頂着屁股，除此以外，别事勿管。

四個小瘦子，合戴一頂帽子。

有脚沒手，有面沒口，靠他讀書和喝酒。

有脚無手，有面無喙，又會食酒，又會食菜。

有面無口，有脚無手，聽人講話，陪人食酒。

人不是人，大頭大角，一請就來，單身打脚，茶煙酒菜，隨便應酬，大小事情，可以斟酌。

四九三

一隻小露台，上面只有蓋；太陽曬進，兩邊客人陪。

四九四

大哥堂前坐。

背上還有一個背，脚旁還有兩隻脚；站定睡下，誰都用不着；讀書寫字，誰能少掉我。

四九五

方方一座城，城裏有死人，若要城門開，死人活轉來。

有門無鎖，有項無底；夜間放下，天明掛起。

四九六

四四方方一座城，城裏伏着兵；敵軍千萬來攻城，城門不開攻不進。

四四方方一座陣，裏面兵馬鬧盈盈，張良有力無用處，韓信一到就退兵。

城無磚，門無櫰，城外紛紛亂，城內大平安。

四方一座城，外邊小兵亂紛紛。

四四方方一座城，城裏有死人，一到開祭日，好多人客叫不開。

城裏死了人，城外許多弔客來敲門，千聲萬聲鬧得亂紛紛。

四九七

一對駝背漢，呆立在門前；日裏開門挑了擔，夜裏關門卸了肩。

一對鴛鴦，閣在繡房日日相見，難得成雙。

一個冬瓜，兩頭開花。

有人同陣同陣行，無人同陣打單行，聽盡幾多風流話，老實阿伯心不生。

四九八

綉裳穿得十分好，人人稱他爲大老；誰知肚皮當中物，乃是一包稻柴草。

一時吃飽總不飢，二人想思

我便知；聽盡人人之言語，不想從前多是非。

四九九

有眼無眉肚又空，枉費當人嫁老公，正二三月丟離我，龍船鼓響又相逢。

五〇〇

生時水裏眠，生時水裏企，死裏做歡被，聽盡幾多風流話，幾多愁戚無人知。

出在河南海角，身被麻繩捆束；只見生，只見死，不見娘娘生太子。

生在青草池塘，死在紅羅帳裏；看人生，看人死，看見奶奶生兒子。

五〇一

一隻綿羊四隻角，夜裏飽來日裏餓；夏天不要倒還可，冬天不要不得過。

五〇二

一隻蟹，蹺蹺快快，(1)師姑唔(2)摸，和尚唔買。

【註】(1)蹺行貌。(2)唔，不讀若m。

五〇三

上山斬了枝，斬歸家下當孤兒：上落高低多得(1)佢，總好過親生一個兒。

【註】(1)多得，即幸得。

無枝無椏又無花，伴我同行去出家；路上難走全靠他，親生兒女不如他。

五〇四

明明係手，無皮無肉，向人握手行禮，人家瑟瑟縮縮。

五〇五

天平好相磚，每日來相見，我笑你亦笑，爲何口不言。

南面設臨朝，北面見君王；君王喜亦喜，君王笑亦笑。

皎皎一青天，一輪明月好；二人相對語，一個不能言。

我向東他向西；我一笑，他一嘻。

我見嘻笑笑，嘻嘻對我笑，我去捉嘻嘻，嘻嘻不見了。

摸摸沒有什麼東西，看看也有幾千萬里；大家憂亦憂，大家喜亦喜。

夜裏漆黑，日間光亮；主客對坐，臉子一樣。

看看是我，實在非我；我叫他不應，罵他不怒。

姊姊姊姊，你莫歡喜，你有多少美，我也配得你起。

水晶宮外偶然立，有人向我笑嬉嬉，我要別嬉嬉，嘻嘻就不見。

皎皎青天，一輪明月，兩個對語，一個不說。

四方一塊磚，近看好像天；裏向有個人，爲笑不爲言。

五〇六

有背沒衣穿，有齒沒唇欄；不肯隨僧去，常在俗人前。

一個鯽魚滿身刺，送給庵裏老尼姑，尼姑搖頭又擺手，說是這樣東西用不著。

駝背老公公，住在方盒中；不是榨油匠，油兒塗滿身。

駝背哥哥，牙齒多多，人人頭上，慢慢經過。

駝背彎腰露齒牙，平生不入寺門家，大小官員都要我，個個低頭任我耙。

五〇七

一把廚刀兩面口，除掉和尚家家有。

一物頭圓分長短，長居中短的兩邊；居家待客常常忙，愛些乾濕熱和寒。

五〇八

一頭有毛，一頭尖尖，一頭潮濕，一頭乾爽；一頭在手裏拈着，一頭在嘴裏亂撞。

一物生來五寸長，一頭有毛一頭光；連毛插進去，拖出來流漿。

有件東西一扣(1)長，一面有毛一頭光，入籠之時覺濂澀，出籠之時一身漿。

【註】(1)扣音欠，以手指扣物，

五〇九

遠看像口井，近看像面鏡，日日做齣浣紗記。

五一〇

四四方方一座山，咪(1)被孩兒落手攀，花在裏頭人在外，見花容易摘花難。

【註】(1)咪和莫通。讀若mai。

五一

小小一間房，四週沒有窗開了門來看，只見衣裳不見人。紅光虎，銅嘴唇，只吃衣服不吃人。

五二

出身出在窰裏，住身住在床底；夾背一把拎起，問伊清茶滋味。

圓圓扁扁朝裏客，一肚詩書

不做官；文明百官皆愛我，皇后娘娘愛不來。

遠看看，好像一乘轎，近看看，好像一個廟，廟裏頭一個和尚在吹簫。

阿奴好似君家妾，君又不與奴同蓆；急時拉我來上床，性完即與奴分別。

出在窰裏，住在床底，一把拎起，請嘗滋味。

眠牀底下一隻鴨，猜得着，請你呷一呷。

五一三

頭戴頂子帽，身穿黑漆袍，看見女奴嬈，連忙下大帽。

五一四

一對奴僕等主來，五員虎將一齊歸，奴僕先嘗山珍味，主人啗出滋味來。

一頭圓，一頭方，有魚有肉他先嘗，出來常成雙。

身體生來幾寸長，竹婆婆是我親娘，吃盡多少辛酸味，到頭終是爲人忙。

竹家二個兄和弟，長短生來一樣齊，瘦瘦身兒盡是骨，相親相愛不分離。

姊妹二人一樣長，廚房進出總成雙，千般苦辣酸甜味，終讓她們第一嘗。

小小祝英台，眠倒望人來，半腰搦落去，兩脚卽時開。

兩姊妹，一樣高，同去又同坐，王帝老子愛同我親嘴，千金小姐也愛來戀我。

頭上四四方，尾上圓當當，日裏來往三次，夜裏企到天光。

莫笑吾身幾寸長，辛酸吃盡鹹遍嘗，諸君若問我何姓，我的娘親本姓竹。

牆頭上面一蓬葱，一天拔三通。

囑⑴子囑孫愛和氣，打虎不如親兄弟，至親兄弟有商量，守⑵穩身家⑶謀食易。

【註】⑴囑，諧竹。⑵守，諧手。⑶家，諧加。

脚下溜溜圓，頭上四四方；一日行動三次，一夜站到天亮。

兄弟兩個一樣長，走到對面

去挑秧。

上方下圓。

可笑祝(1)英台，眠倒等人來，仙伯手一去，雙脚快快開。

【註】(1)祝，諧竹。

二個白嬌娘，身材一樣長；慣與人親嘴，滋味他先嘗。

五一五

石山西來石山東，石山頭上有盆葱；一日出遊定三次，許多兒童住在中。

五一六

駝背背斗米，背進衙門裏，衙門開開來，駝背回出來。

肚像琵琶背像弓，鶯鶯推我水當中；張生一把來撈起，紅娘收拾到房中。

五一七

圓圓一隻盆，烟囱在中心；四面都是海，海底有火星。

葷菜夾素菜，雙手端上來，當中有火山，四邊都是海。

葷菜夾素菜，當中如火燒，邊裏如水流。

五一八

一個有病一家不安，一帖補藥此病得愈；生在南山往北來，能功巧匠造出來。

五一九

妹子身材小，做事大圓通，人人也想去親喙，誰知含羞面會紅。

五二〇

頭不戴帽，臉兒很美，不會吃飯，只會喝水，水喝飽了，和人親嘴。

五二一

背脊彎向上，肚皮出毛毛，一無嗜好，專吃肥皂。

五二二

竹家竹姑娘，日日去解糧，解糧解不動，翻轉屁股打。

五二三

才人無相貌，一日來三到，不來罔⑴上眠，一來就屙屎。

【註】⑴罔諧缸

五二四

沒脚螃蟹圓又圓，渾身長了許多眼，雖然沒有眼珠兒，個個眼裏看得見。

五二五

兄弟五六個，個個有耳朵，一個沒耳朵反在上面坐。

五二六

會吃沒有嘴，能走沒有腿，井深沒有水。

聽聽是打雷，看看是下雪。

一個孩子，怪模怪樣，牙齒長在肚裏，肚臍生在背上。

石山高，石山低，石山底下雪

花飄。

石山高，石山低，石山肚裏雪花飛。

雷隆隆，雪飛飛，地上一片白，牆上一堆堆。

砂盆⿱冚皿(1砂盆，雨⿰口尾(2)洒衙門。

【註】(1)⿱冚皿，⿱冚皿閫。讀若ham。(2)雨⿰口尾，雨絲。⿰口尾，讀若mei。

山層層不高，路條條不遠；雷聲隆隆不雨，雪花粉粉不寒。

千里迢迢在眼前，石崖疊疊却非山，雷聲隆隆偏沒雨，雪花飄飄不知寒。

五二七

兩個兄弟一樣長，白天烘火，夜裏乘涼。

五二八

兩兄弟，一樣長，到灰州，尋紅娘。

十子尖尖奉白壇，白壇裏面火燒山，五子拿江月上山。

五二九

頭在泥裏，腳在肚裏，倘問年紀，請看肚皮。

口在泥裏，腳在肚裏；倘要問我年紀，只須看我肚皮。

身穿白袍，頭戴高帽，人人說我矮小，我只要肚裏貨好。

五三〇

頭戴方巾四隻角，四腳落地不會蹌，謝落桂花也不香，口含眞珠也不亮。

小小一間房，兩扇小門窗；只因有大風，造在火爐旁。

遠看像匹馬，近看無尾巴，肚裏嘰哩咕，嘴裏吐黃沙。

五三一

肚子圓圓耳朵長，兩人形狀都一樣，只有性情不相同，一個

下去一個上。

黃狗兒尾巴長；日裏翻斛斗，夜裏乘風涼。

黃山羊，尾巴長，日食水，夜嬲(1)涼。

【註】(1)嬲，讀若料，作玩耍解。

黃鼠狼，尾巴長，日裏翻筋斗，夜裏乘風涼。

搖搖擺擺下陰間，目汁丁當轉陽間。

五三二

奇奇怪怪一條龍，曲曲折折在土中，伸着小頭，站在牆跟頭上捏一捏，眼淚滔滔哭又哼；再捏一捏，又閉看嘴兒不做聲。

五三三

自從失去後，終日散修修，(1)茶飯冇(2)心向，望夫轉回頭。

【註】(1)修修，散貌。(2)冇，即無，讀若mou。

五三四

鐵筒筒，樹筒筒，蝦鬚老扁頭公。

五三五

老頭子，腿上生頭髮，早上起來滿屋子擦。老頭子，哼哼哼，坐在火上不起身。老頭子，一條腿，清早起來喝冷水。

五三六

四兄弟，都姓干，廊下眠，水底穿，長見天，不見天。

五三七

緊靠商家帳桌邊，常年侍候小齋前；雖然一字都不識，肚裏文章總滿篇。

五三八

身體長而小，下部起個泡泡；上有肚腸，時低或時高。

直立一條河，風來不起波，氣吹浪動上下走，有水無舟是甚麼？

五三九

一隻小箱子，無鎖無鑰匙；出門裝洋錢，回門變角子。

五四〇

竹子造屋巧又巧，碰動門閂屋就倒。

一間屋，當中一根木，拔脫椽子就坍屋。

小小一座亭，四面沒有門；亭上奏細樂，亭下有行人。

見日出風頭，無日雨淋頭；歸來壁角頭，眼淚簌簌流。

一根木頭造間屋，拔去木頭就塌屋。

小小樓房，造就百葉窗，樓下有人走路，樓上有人開窗，開得窗來聲聲丁鈴鐺啷。

在外肥肥胖胖，在家瘦瘦長長，倚牆靠壁，眼淚汪汪。

七七四十九，金絲盤老龍；頭頂滴滴塔下底有人走。

一顆花草靠城栽，雨不下來花不開。

圓圓的荷葉細細的柄，頂上珍珠滾不停；滾到地下沒人要，人人只顧向前奔。

遠看像座小洋樓，近看像個大饅頭；人在水底下走，水在人上面流。

我走蘇州過，買個濡濡貨；腰有紅襟粗，貓洞拖得過。

五四一

有風身不動，一動就生風；人家不用我，要等起秋風。

有皮無肉，幾根瘦骨，搖搖擺擺，風頭出足。

生的脛長彎彎脖，其形好像一隻鵝，紅娘落在脊梁上，肚中響聲滾滾鍋，七色雖然不同面，身生共居竹林莊，一歡皮，纏把骨，好出風頭，不怕骨出。

有風不動無風動，不動無風動有風。

寒天畏寒，囥得密密，熱天畏熱，日夜不快活。

五四二

又扁又圓一條尾，不是鼈也不是龜；有朝一日出了世，五虎咬住它的尾。

五四三

高高低低兩平面，清清白白兩半邊，開開關關隨我便，爽爽快快不出汗。

五四四

我的臉兒團團，好似天上月亮，也有八面威風，誰說不如大將。

五四五

好笑眞好笑，時常棚上蹦，因爲想出風頭，被人索拖到叫。

五四六

遠望一面鏡，近看亮晶晶，裏面四把刀，團團旋不定。

遠看像八卦，近看像輪車，慣做風流事，人人都愛他。

三把刀追一把刀，不知追了多多少；自從夏季追到秋，仍然還是追不到。

五四七

四角玲瓏挑，十二童兒趕考；一個不趕到，折開龍亭再修造。

遠望一座亭，近看不是亭亭裏十二字，箇箇見分明。

兄弟二個同走路，擺一擺來走一步；弟弟走得慢，哥哥走得快；走了三年另六月，還沒有走出一尺外。

走路不停歇，只走十二里；有

人來問我，請看我日記。

屋裏一隻亭，亭裏有一人，日日打鞦韆，勿打就勿靈。

一個獃子，畫着鬼臉，翹起二根鬍子打轉，坐在人家桌上，一日夜叫二十四遍。

遠看一座城，近看沒城門，只聞脚步聲，不見人出城。

擺擺轉轉轉轉擺擺；不轉不擺，不擺不轉。

綽號千里馬，坐車快走路，一行十二里，日夜無停步。

一個圈子十二里，兩個孩子走不息。

十二寡婦去征西，三婦抱子守羅帷，孟姜担傘尋夫壻，五娘挨磨(1)望夫歸。

【註】(1)挨磨，言倚石磨。

一個涼亭八角俏，十二個童生去投考，如若那個考不到，拆了涼亭再修造。

五四八

小妞小妞，細細的唱，慢慢的走，左邊沒有右邊有。

五四九

黃昏養出來，睡時就打殺；世人沒有我，眼睛半世瞎。

獨脚金雞肚裏空，金雞頭上一點紅，姑娘帶我進房去，只怕姑娘口露風。

高山山頂一口塘，無風無雨水茫茫，一條黃龍來食水，滿唇滿口滿豪光。

無風無雨水洋洋，半山岋上一口塘。一條白蛇來攔路，一點紅花乾了塘。

一條蛃蛇泅過塘，啣個雞卵黃。

隔遠看倒加火，行前看倒也係加火，不係相打個家火，(1)係加火個家火。

【註】(1)家火，雜具，家俗作傢，但傢本音象，俗誤讀爲家，故書作傢。

五五〇

缸裏水，水裏草，草上站了一個紅嫂嫂。

一條白龍去過江，口含珍珠亮光光，珍珠要吃白龍肉，白龍要喝珍珠湯。

紅蜻蜓，踏塘基，塘水乾，蜻蜓飛。

小小池塘是我家，水底沿藤岸開花，水乾藤枯花又落，也無果子也無瓜。

清水汪汪，裝滿池塘；藕在池塘裏，花開池塘邊。

五五一

高高山，低低山，高山高頭一口井，井裏頭一支蛇，蛇頭裏會開花。

玻璃肚子銅嘴唇，頭帶高帽亮晶晶；一到天黑便作怪，吐出紅舌來看人。

玻璃肚，銅嘴皮，我把紅果給你吃；不吃紅果不要緊，吃罷紅果肚裏餓。

日夜張口望，四隻腳朝上；肚裏灌飽了，遇火就發光。

頭戴透明帽，帽裏插紅纓；要用等不到半夜，不用過不得五更。

五五二

紅堂⿰日尾，(1)撲(2)塘邊，有水生，冇水死。

【註】(1)堂⿰日尾，蜻蜓。⿰日尾讀若 met。(2)撲，飛來飛去。

五五三

樹上結箇瓜，瓜裏開朵花，究竟還是瓜？還是花？

體形像茄子，肋骨如蠶絲；到

丁晚上，我們靠牠讀書做事。

來無聲響去無踪，太陽不見我威風；風姨碰着我，沒法顯神通；月姊看見我，氣到廣寒宮。

門角裏，生根籐，籐上掛了一只盆，盆裏開花白如銀。

陰陽藤，陽陰蔓，沿着牆上走，直長直轉灣；倒長葉子倒結果，果子裏開花眞好看。

一個圓魚泡戴頂白涼帽，辮子連着看得見，辮子一斷不見了。

五五四

誰也知他最熱心，不欺老小不嫌貧不怕風吹和雨打，伴人一夜到天明。

五五五

身又輕輕又飄飄，混身細骨紙頭包；只道我肥肥胖胖，那知我肚裏心焦。

竹絲絲，紙筒筒，像個冬瓜兩頭通。

一顆樹，兩面空，當中坐個紅相公。

細篾細籬笆，形如一束瓜；笆內無別物，一株海棠花。

竹頭床，樹踏腳，夏布帳子亮爍爍。

細篾細籬笆，當中一枝龍爪花。

遠遠見一人，肥頭又大頸；走近一看，骨瘦如柴；問他患何病？說是心火病。

一個東瓜兩頭紅，裏面開花外面紅。

皮薄筋多，虛重空弱；空的甚麼病？火燒心窩；服的甚麼藥？防風枳殼。

東瓜東瓜，肚裏開花。

又像枕頭又像瓜，肚皮裏面

開紅花。

一個罎，兩個口，白天不走夜裏走。

細細篾兒細籬笆，當中只開一枝花。

白芷⑴柴胡⑵防風，生地要用，熟地不要用。

【註】⑴芷，諧紙。⑵胡，諧糊。

五五六

長頸大肚皮，像雞不是雞；吃的是白湯，吐的是黃水。

一隻老田雞，蹲在乾柴裏，口裏撒清尿，肚裏會唱戲。

一隻烏雞眼，伏在火中央。

五五七

鐵皮做成身圓，長嘴麻皮難看；代表天爺下細雨，培植花草精神滿。

大肚長頸鐵姑娘，麻子生滿嘴唇上，碰着一個護花郎，叫她低頭淚汪汪。

五五八

肚饑無火氣，肚飽好逞勢，見倒人來呵呵笑，越多人來越射尿。

老頭兒，哼哼哼！坐在火上不起身。

童⑴大嫂，腹臞臞，腹一響，尿漾漾。

【註】⑴童，諧銅。

銅將軍團團圍住，鐵將軍把守三關，火將軍當中坐，水將軍怒氣冲冲。

五五九

一個矮子量一量，生來不滿二尺長；肚皮裏面滾滾燙，肚皮外面冰冰涼，等到一朝皮外燙，從此矮子無用場。

五六〇

長頸大肚不知醜，祇喝清水

不會走；生來最愛學時裝，常把紅紅綠綠插滿頭。

五六一

冬衣穿半身，看看還整齊；忙時滿屋跑，閒時倒掛起。

洋刺毛，尾巴長，擂光棍，吃蓬塵。

五六二

千隻腳，萬隻腳，一個頭，立不起。

千隻腳來萬隻腳，住宅造在牆壁腳，腳多身子立不穩，日日夜夜靠壁腳。

千隻腳，萬隻腳；立不起，倒牆腳。

高山大嶺算我長，未下霜來我先黃，順手梅香意歸得小姐房。

老頭兒，腿上生頭髮，早上起，滿屋爬。

五六三

金山有舊⑴老牛肉，煲來煲去煲唔⑵熟！

【註】⑴舊，和塊通。⑵唔，不，讀若m。

前時做過好人來，如今把我咁⑴哀哉，人客未來先請我，人客行開又試請我埋檯。⑵

【註】⑴咁，這樣。讀若Kom。⑵埋檯，言近檯。

五六四

四四方方一面旗，八王出外去遊嬉，千金小姐眞可愛，皇后娘娘愛時遲。

五六五

自小生來出身高，如今別脚到今朝，鹹酸苦辣都嘗過，一染垃圾還要拷。

遊過東南西北角，吃過鹽油醬醋茶。

一物不成材，請客他先來，客

來他又去，客去他又來。

先日有錢做良富，今日貧窮著爛布，多謝阿哥阿嫂偖⑴看承，多謝阿哥阿嫂油鹽茶醬醋。

【註】⑴偖讀東。

先前榮華眞榮華，於今敗了不成家，客人未到先請我，吃盡油鹽醬醋茶。

出身原來是富家，一敗貧窮穿破紗，多承嫂嫂能照顧，謝你油鹽醬醋茶。

我在機坊出身高，於今落難到今朝，嘗過多少鹹酸苦，遊過四万八面河。

五六六

鐵匠打此兩寸長，木匠上了烏木樑。銅匠來釘釘，石匠來開光，碰到有事時，還要賣布的來幫忙。

快嘴老鼠小又小，爬上茅山

咬茅草；茅山茅草遍山頭，片刻咬得光如掃。

五六七

四面玲瓏肚裏空，我陪小姐過一冬，桃花開來分別去，菊花開放又相逢。

滿面痲，熱烘烘；沒有它，難過冬。

矮婆婆，眼睛多；吃紅飯，撒黑屎。

五六八

湯家婆子病在床，一夜吵鬧到天光；請問先生何日好？春蘭花開可離床。

牀上一個老太太，得了一病眞古怪；日裏冷來夜裏熱，病好要等百花開。

五六九

團團圓圓心裏空，相陪小姐過寒冬；楊柳青時丟了我，梧桐落葉又相逢。

麻臉婆子我不嫌，同床共枕過新年；春二三月分開睡，等到冬天又共眠。

五七〇

長倒有我長，背上生疥瘡；抓住小小辮子，試試多少重量；頂重時，百斤不止；頂輕時，却只幾兩。

也有鐵，也有銅，也有木頭也有繩。

小小年紀，出門做生意；拔得我辮子，還要問我年紀。

帶了小兄弟，出門做生意，抓我小辮子，問我多年紀。

一根紅木三行星，兩根麻繩三條筋；路遠迢迢，十六里算一程。

桅杆豎在大樹下，桅杆頂上兩條瓜。

一天明星照木洲，木洲城裏鐵鉤頭，三個狀元平天下，還有清官在後頭。

小小年紀，出門做生意；拉着耳朵，問我多少年紀。

一條滑哥三條鬚，拈緊鬚來講道理。

門角裏一個花先生走出來，尾挺挺。

不是蛇哥，身上花皮，不是滑哥，兩三條鬚，核卵(1)垂垂，十分拘禮。

【註】(1)核卵，外腎。

銅將軍擺陣，鐵將軍領兵，初一動身，十六到京。

五七一

長長黃蟮，短短泥鰍，彎弓蝦米，倒錠(1)石榴。

【註】(1)『倒錠』倒轉來。錠讀若Tong。

五七二

月亮堂堂下大雪，烏天暗地滿天星。

五七三

瞓⑴竹床，冚⑵竹被；三爺鬚，講道理；銅面盆，老鼠尾。

【註】⑴瞓，和睡通。⑵冚，是蓋。讀若Kam。

瞓竹床，冚⑴竹被，二撇鬚，出來講道理。

五七四

身體矮墩墩，肚腸無彎曲；主人託付我，把家守門戶。

一隻狗，沿邊走；打一槍，會開口。

小銅箱裏種荷花，若要荷花開，等到原人來。

爲奴捨身看家門，丈夫在外跟主人，君子見俺洋常去，只怕小人壞奴身。

鐵將軍，把門守，客人來，看着走；主人來，才開口。

高高山，高高塢，背把叉，截老虎。

左邊右邊拉一拉，無泥無水種荷花；那個要想荷花開，請等原人回到家。

這位先生本姓銅，屁股下面生個洞，別種醫生看不好，要請自家同行中。

一隻狗，兼壁睏，打一棍，盡力吠。

烏鷄母，烏鮮鮮，晝晝轉來挖矢胎。

五七五

四柱八根檔，居中坐個小和尙。

四柱八欄杆，太子坐平安，太子叫一聲，娘娘呼心肝。

五七六

搖搖搖，搖到竹家橋，竹家橋上造個羅漢廟。

一物四條索，中心和尚眠，不通呀呀叫，一通就息停。

五七七

手掌班長手掌班大，一晚不拉不自在。

五七八

兩片一條，夜夜不饒，賊發火起，拔脫亂跑。

五七九

不用刀，只用篾；裂碎風，劈破月。

此物生來凶，無刀可劈風，又能來破月，滿身縫靠縫。

祇准你和他談天，不准你和他相見，倘使你要相見，除非將我撈了一把。

五八〇

我在園林青青瘦瘦，我在人

家黃皮骨瘦，遇着阿嫂日晒夜露。

身體長而細，穿盡男女衣，不懂寒與熱，夏天穿皮衣。

五八一

兩個姑娘一樣長，肚内十七八個小肚腸。

兩姊妹，一樣長，肚裏十七八根小肚腸。

長的少，短的多，脚去踏，手去摸。

五八二

小小屋一間，燒好夜飯等客來，客人吃得極有味，要想回家不得回。

小小書房門半開，燒好夜飯等客來；客人吃得極有味，要想回家不得回。

五八三

四四方方搭個台，擺桌酒水

請你來，走到一個大天雷，打得兩眼掛出來。

四四方方一座台，大小酒食擺起來；剛剛吃得頭碗菜，雷公閃電打下來，哭哀哉！痛哀哉！曉得這般，先前不該來。

長方一隻檯，小菜擺起來，剛剛吃得一點菜，檯上機關打下來。哭哀哀！哭哀哀！早知這般苦，眞正不該來。

孔明設計造吊台，吊吊台造好等客來；客人還沒坐得定，一下打出腦漿來。

五八四

頭戴烏氈帽，身穿紫羅袍，骨碌一聲響，變頂紅纓帽。

一粒穀，爆得滿間屋。

四角方方一張床，肚裏一班小和尙，床角落頭一計碰，出脫一個小和尙。

戴着黑帽，穿着白袍，過了黑牆，變出紅光。

頭戴烏黑帽，身穿是白袍，走過黑牆口，定遭火來燒。

一母生了百而千，青紅各色不一般；兄弟同夥居一處，出來一個發火仙。

紅盔白甲好軍裝，整整齊齊上戰場；打開轅門聽調動，個個戰死在沙場。

身長只有一寸零，走出小小四方城；碰在牆上一聲響，紅頭變黑黑頭平。

一個癩痢頭，頭上光油油，牆上撞一撞，連頭也沒有。

頭戴烏帽，身著白衫，剛剛走過牆邊，頭殼忽然磕破，怒氣沖天，大發其火。

身穿白袍，頭戴紅帽，剛和癩子親了個嘴，便把小命兒送掉。

匿在家中無衫著，出門怕人打頭殼，無錢不敢亂赴墟，人客一來火就⿰火著。

一間小營房，滿住小兵將，個個包黑巾，出陣便喪亡。

小小一張床，睡着許多小和尙。

一粒紅皮殼，半兩還不足，堂前擺一擺，裝滿三間屋。

五八五

紅蘿蔔，五寸長，祇見短，不見長。

紅娘子，在高樓，心裏痛，眼淚流！

一個細蚊仔，(1)着件紅衫仔，(2)愈行愈矮。

【註】(1)細蚊子，小孩子。(2)仔和兒字通。

誰人站在瑤台上？一對紅粉小丫頭，只因害了心火病，兩行熱淚不停流。

紅衣小姐上高台，五個婆娘扶上來；一陣心頭痛，眼淚落滿懷。

身穿紅襖綠衣裳，滿腹文章直肚腸，只因害了心焦病，流出相思淚幾行。

一物生來數寸長，姑娘用他在綉房，半夜三更流白水，只見短來不見長

五八六

出，出出在山裏；死，死在洞裏；靈魂飛到天裏。

五八七

看看像淸水，口喝喝不來，若是著了火，萬物化塵埃。

五八八

雪白一匙粉，擠在口中存，到喉不落肚，日日當點心。

白如冬天雪，用牠要潮濕，不

能吃下肚，偏向嘴中塞。

五八九

一物四方方，中英招牌在中央；五個小姐拖他去，一來一往流白漿。

五九〇

一朵花兒方又扁，加個圈兒不值錢；走了千程和萬里，只將消息播人間。

五九一

水在圓圓荷葉中，輕霜一片霧濛濛，忽然五虎從中過，忙得人人鞠一躬。

五九二

牛頭山上草萋萋，忽然來了一隻燕，一時三刻來吃完，吃下草來拋路邊。

五九三

兩人肉對肉，一刻漿汩汩，一手攀着頭，一手挖矢腦。

五九四

五虎拖兩牛，輕輕扼牛倒，嘗嘗二三口味道倒還好。

五九五

眠倒背對背，有心翻轉來，硬硬放入去，軟軟披出來。

五九六

拉開天窗磨定老薑，一啖一個，透心滑腸。

五九七

雄食到電白電白食到清遠。

五九八

踏踏蹌去，藤牌豎起，一支黃龍拖落地。

手拿湖北票，急急往前跑；待子轉身回，票子不見了。

五九九

樓上請下來，裏面請出來，肚裏隔夜食，請你吐出來。

六〇〇

你對我，我對你，唔(1)夠一陣(2)扭死你。

【註】(1)唔，不。讀若ㄇ。(2)一陣，一適間。

六〇一

前面清潭濯濯，後面高山石頭；問我風水何在？祖宗十七八代。

六〇二

小小狗，沿街走，走一步，咬一

口。

六〇三

獨木橋上一道溝，兩個池塘在兩頭；說話終在橋頭上，行路終在橋下走。

兩兄弟，眞和氣，空肚去，飽肚歸。

六〇四

兩個大對頭，牽攏碰一頭。

一八 嗜好品

六〇五

小小一乘竈，烟囪筆篤蹺，火把越一越，蝦蟆敗敗叫。

遠看一坐灶，烟囪倒很高。一股乃是火，一股乃是烟，有時電光亮，有時雷聲響。

小小一坐灶，有水有柴燒，擺在檯子上，無客不燒烤，客來動烟火，烟烟熜向上飄。

三國不和路亦通，諸葛孔明借東風，曹操定下水戰計，周瑜盡力備火攻。

我口含你口，我手抱你腰，你係敢作怪，點火燒你矢胳毛。

東便(1)起雲，西便落雨，落完大雨又翻風，猶如五爪伴金龍。

【註】(1)便，和邊通。

我喙侵汝喙，我手揗汝腰，爲汝翕氣久，將把汝火燒。

駝背叔公，駝背叔公，面前一

堆火，背後一包蟲。

火燒雞樓棚，水浸廣東城，內面做把戲，外面鬆鬆鈕。

遠望深山一點紅，猶如五爪伴金龍，一浸(1)白雲飛過去，後來落雨又翻風。

【註】(1)一浸，一陣。

一隻小船，桅杆彎彎，船裏有水船外乾；有人連連去放火，只燒貨物不燒船。

六〇六

火燒打銅巷，延過竹桿巷，噴出老獅口，烟出鼻家坊。

哺哺嘴，抱抱腰，屁股眼裏蓬蓬燒。

親親嘴，抱抱腰，摸摸屁股烏焦焦。

弄堂裏進，弄堂裏出，弄堂門口火燒枯。

一條長街堂，一隻小火缸。

六〇七

抽筋剝皮去根苗，麻繩捆起上架敲，千刀萬剮用紙包。

六〇八

竹竿上，長葡萄；有人嘗了葡萄味，多少家財盡火燒。

生也不好吃，熟也不好吃，一面燒，一面吃。

火燒觀音山，燒到烟騰騰。

六〇九

白烟囱，塞黃絨，一頭火熊熊，一頭烟蓬蓬。

身長不滿三四寸，男女老少都可親，初交原想學時髦，豈知日久難脫身。

薄薄皮兒做春捲，也不鹹來也不甜，吃千吃萬吃不飽，一片白雲飛上天。

六一〇

姊妹們，最輕狂，穿紅著綠引

才郎，苦了多少風流客，害了多少富家郎。

弟兄六個一樣瘦，只有骨頭沒有肉；紅眼算來正三十，黑眼倒有九十六。

敗家精，骨頭輕，綠烏珠，紅眼睛。

兄弟六個一樣長，穿紅穿綠到考場，考得着歡歡喜喜，考不着是無相量。

身體一星星，骨頭實在輕；滿面胭脂粉，是個敗家精。

生得骨頭輕，名字敗家精；烏珠紅眼睛，痲皮生滿身。

六二

四四方方一座城，內藏劉秀外藏兵，有人猜得劉秀着，一倍倍你三倍銀。

六三

四國共相爭，三路攻一人，枯

骨散滿地，餇盡就動身。

六一三

一營外國兵，共分十三門，五人爲一隊，相對比輸贏。

六一四

造長城，拆長城；造城拆城忙煞人，造到末脚拆干淨。

六一五

生在稻香村，死在混江陣，肉爛骨碎後，陰魂還迷人。

我是解愁大家，我是應酬能手；粗暴不客氣的朋友，被我擾得憂慮。

越好越陳，家住紹興，好請客人，好當點心，吃得勿當心，害你發亂經。

一九　迷信品

六一六

一貌堂堂，一眼無珠，三膳不

食，四肢無力，五毛不全，六親無靠，七孔不通，八面威風，九重不同，十全無用。

六一七

正正經經一位神，又冇(1)琉璃又冇燈又冇人拜訴我，我又冇心機保佑人。

【註】(1)冇，即無。讀若Mou。

六一八

一貌堂堂，二目無光，三餐不吃，四肢無力，五官周正，六親斷絕，七竅不通，八面威風，九九歸言，實在無用。

外着衣冠很齊楚，皮內有肉卻無骨，雖然常住在高樓，無奈天天終清苦。

小的小，大的大；一家人家不談話，大的坐下起不來，小的立着坐不下。

六一九

簷斗裏向一個小官人，山楂果子手中存，人人看我都歡喜，我見人來笑盈盈。

六二〇

身穿五色彩紅衣，一個東來一個西，一更時候同相會，鷄鳴喔喔又分離。

有目有鼻，不會出氣，上不靠天，下不靠地。

兩足踏空虛，身穿五色衣，北風吹冷面，又無妻子送寒衣。

六二二

一尺三寸長，買來做爹娘，越看越淒涼，大家哭一場。

青青綠綠一盆蘭，捧入房中拌牡丹，睇見開花，唔見結子。

頭圓脚四方，腹內好文章，或時茶担日(1)，又擺燒猪又擺羊。

【註】(1)茶担日，即忌日。

六二三

我在盆中坐，盆中水浸我；人人都話我好餸酒，誰不知唔係我。

六二三

小小一扣鍾，擺在路當中，甜酸苦辣都嘗過。

六二四

自小生來五兄弟，兩個脩行兩個食齋，借問大哥何處住？住在佛前對面街。

六二五

有口不說是非，有耳不聽胡言，有脚從不閒走，只有熱腸一片。

有口不言，有脚不行，整日呆坐，滿肚灰心。

有耳不聽話，有嘴不說話，有脚不會走，肚腸生在頭。

六二六

隔遠看倒，行前捉倒，亂搖盡

搖，問汝好不好。

竹州竹府竹縣城，竹州城裏鬧營營；將軍跳出城外去，問問將軍第幾名？

數十小兄弟，住在佛門中，有人拿我雙手捧，跌出一人定吉凶。

先作一個揖，再跪下求你，你若不出來，我也不站起。

高山伐竹平地栽，有人雕我上高台；若講有人來問我，城裏跳出城外來。

一個小小竹縣城，竹縣城裏鬧盈盈，將軍跳出城外去，問你將軍第幾名？

六二七

駝背駝背，成雙一對，火裏越越，地下擂擂。

六二八

外面尖，肚裏空，當財寶，騙祖

宗。

一位姓銀老先生，當中却是肚皮空；雖然有錢把他買，實在乃是騙祖宗。

假聖人，肚皮空；將他買，騙祖宗。

六二九

爹娘養我，實在無啥做，碰着老婆婆，日日摸索我。

六三〇

一個小孩七寸長；臨動身，喊一聲。

紅小囡，好黑心，臨到死，叫一聲。

雖然好人事，總係太小氣，有時火性發，大聲呵老輩。

虎頭將軍跳得高；跌下來，攢斷腰。

紅小囝，黑肚腸，上天去，喊兩聲。

指頭長，指頭大，飛往四邊會講話。

穿着紅綠衣衫，肚裏黑了心肝，頭上火星一冒，全身立地摧殘。

能使妖魔胆盡摧，身如束帛氣如雷，一聲震得人恐怕，看到回頭已成灰。

通紅的身，漆黑的心，臨死時才叫一聲。

這人雖好，氣量太小，惹起了他的火性來，便要跳得個幾高。

輕輕年紀性子躁，肚裏一根毛，走路半天高。

小小紙団巧玲瓏，衣服着了十幾重，火頭將軍來領路，散得雪花滿地紅。

紅小団，黑肚腸；臨到死，叫一聲。

這個姑娘滿身紅，腰裏插了

一根針，平常無事不開口，一聲開口嚇煞人。

頭裏紮，尾紮紮，身穿花背褡，走到半天裏去撞煞。

一個女孩滿身紅，一點小針繫當胸；你不惹她她不響，一響使你耳要聾。

大叫一聲往上跳，跳得眞眞高，再叫一聲往下跳，原來跌斷腰。

一個紅色小兒郎，肚內却是黑肚腸；他只臨別命終時，吁吁一聲叫得響。

六三一

雲霧騰騰不落雨，只見雪花落在地。

頭戴紅纓帽，腳踏火灰爐。

六三二

放下平塌塌，掛起一座塔，紅娘上來遊，遊到塔頂頭，剛剛遊過白塔尖，紅娘寶塔都不見。

遠看紅娘拜菩薩，近看紅娘去嬉塔，紅娘嬉到塔尖頂，不見紅娘不見塔。

遠望一塔，近看沒有瓦，紅頭圍着磚，雪花向下撒。

半天空中有個塔，有像紅蟲游塔底，走上塔上高，紅蟲塔都有(1)。

【註】(1)都有，即皆無。冇讀若 Mou。

彎彎曲曲一條龍，口染胭脂一點紅；雪花兒飄飄，到底一場空。

一支黃龍蟠屋棟，口含明珠熱隆隆，半天裏雪花飄篷。

紅綠絲綫吊金鐘，金鐘肚裏空，誰人敲得金鐘響，銀子一百兩。

六三三

一個佬，(1)高洞洞，頭戴紅纓

帽，脚踏火灰爐。

【註】(1)佬，男人也。

六三四

一樣東西年年過，全國只有十二個；數目雖然並不多，個個人都有一個。

二〇 特殊品

六三五

他身高住菴廟，受過刀斬鑿雕，流芳百世名譽好。

六三六

窮人配高親，皇帝做媒人，三年不走動，便要斷六親。

六三七

三角四方圓又扁，十分伶俐估三年。

又方又圓又半邊，聰明姑娘猜半年，見了爛肉最喜歡。

六三八

我有一塊板，板有兩箇眼帶去見菩薩，還好白相相。

六三九

身材小，喉嚨嬌，一聲叫，三班六房都傳到，嚇得心中勃勃跳。

六四〇

烏面鬼，兇到死，食烏飯，屙紅屎。

矮婆婆，眼睛多，吃紅飯，撒黑屎。

六四一

老人拐杖，看看怕相，劈拍一聲響，養出紅姑娘。

六四二

三稜四稜頭有眼，在外身旁在家閑，一條腿穿鐵尖鞋，慣好弄火冒青烟。

六四三

三寸長，一具鎖，圓哥哥，裹邊槑，走出來要闖禍。

小小一種傢伙，肚裏藏着長果，一撥就發火，人家性命嗚呼。

六四四

一舊⑴木花離陸，⑵裏頭有塊肥猪肉。

【註】⑴舊和塊通⑵離陸作亂解。

遠看一隻鞋，近看無鞋帶；輕易不進去，進去不出來。

天下算我富豪，人人見我懊惱，箇箇落我圈套。

出在深山野嶴，富貴如我名號，不怕你兇惡奸刁，終要上我圈套。

謎底索引

（甲）物謎謎底

謎次	謎底
一	人
二	新娘
三	嬰孩
四	拖油瓶
五	教員
六	木匠
七	銅匠
八	皮匠
九	理髮匠
一〇	郵差
一一	補碗匠
一二	扦脚匠
一三	煤炭工
一四	閹雞司務
一五	人力車夫
一六	按脈醫生
一七	算命瞎子
一八	賣餛飩人
一九	賣布人
二〇	張天師
二一	和尚
二二	印度阿三，小癟三
二三	賊
二四	打更夫
二五	頭
二六	眼睛
二七	舌頭
二八	牙齒
二九	耳朵
三〇	眉毛
三一	嘴
三二	髮

二〇六　葡萄
二〇七　栗
二〇八　桂圓
二〇九　橡
二一〇　筍
二一一　竹
二一二　秧
二一三　稻
二一四　蕎麥
二一五　棉
二一六　茶
二一七　茭白
二一八　芋艿
二一九　葫蘆
二二〇　向日葵

二二一　荸薺
二二二　菠菜
二二三　白菜
二二四　葱
二二五　蒜
二二六　玉蜀黍
二二七　瓜
二二八　西瓜
二二九　絲瓜
二三〇　黃瓜
二三一　蘿蔔
二三二　蠶豆
二三三　落花生
二三四　芡實
二三五　菱

二三六　茄子
二三七　百合
二三八　芝麻
二三九　麻
二四〇　半夏
二四一　木賊
二四二　薑
二四三　辣茄
二四四　鳳仙花
二四五　蘭花
二四六　罌粟
二四七　虎刺
二四八　當梨子
二四九　浮萍
二五〇　蓼（做酒的）

六〇〇　扭手巾
六〇一　做酒
六〇二　翦刀
六〇三　挑水
六〇四　關門
六〇五　水烟袋
六〇六　旱烟筒
六〇七　旱煙絲
六〇八　吸鴉片
六〇九　香煙
六一〇　骰子
六一一　做寶
六一二　推牌九
六一三　打撲克
六一四　玩麻雀

六一五　喫酒
六一六　龍頭佛
六一七　瓦神
六一八　泥菩薩
六一九　彌勒佛
六二〇　門神
六二一　神主牌
六二二　琉璃鴨腳（放在神龕者）
六二三　祭桌
六二四　香案
六二五　香爐
六二六　籤筒
六二七　聖誥
六二八　紙錠

六二九　念佛珠
六三〇　爆竹
六三一　香
六三二　盤香
六三三　長壽香
六三四　十二生肖
六三五　匾額
六三六　當物
六三七　膏藥
六三八　手銬
六三九　警笛
六四〇　火銃
六四一　洋鎗
六四二　火鎗
六四三　手鎗

六四四 棺

乙 字謎

一 一字謎

一畫

一

有人則大矣，有土則王矣。

上把你在下，下把你在上，不把你在上，且把你在下。

上，不在上。下不在下。天，沒它大。人，有它大。

我把汝在上，汝反在下，我把汝在下，汝反在上，不把汝在上，且把汝在下。

字字去了蓋，莫當子字猜；若當了字猜，算你沒肚才。

上不在上，下不在下，不可在上，且宜在下。

二畫

二

十字尾巴彎彎，算起數月少

三。

三

天上無二，合去一口；你能猜着，送一壺酒。

隔遠看係你父親，笠帽戴緊看不眞，卸下笠帽認眞看，莫作朋友別處人。

四

一對燕子長大飛，一隻高來一隻低；一月來回有三次，一年來往共一期。

一對鴛鴦並頭飛，一隻瘦來一隻肥；每月之中來三次，臨到中秋多一回。

一陣雛子翼披披，一肥一瘦半天飛，一月半天飛三次，一年飛過十二回。

一對鴛鴦半天飛，一隻瘦來一隻肥，一月來三次，一年見一回。

一陣鵰子一陣飛，一隻瘦來一隻肥，算起一月過三次，一年又過十二回。

五

一橫一直；要想猜得，兩隻手兒齊伸出。

六

上無片瓦遮身，下無立足之地；腰間掛個葫蘆，便知陰陽之理。

三畫

七

說大不大；說文不文；身長一百寸；我妻嫡親人。

八

頭是一；腰是一；尾是一；數到臨了不是一。

九

九加一，不是十。

一個字，圓又圓；看起來，只有

三筆；寫起來，却是九點。

一〇

這個字，眞稀奇；池裏沒點水，地上沒有泥。

一一

哥哥有；妹妹無；吳先生有；王先生無。

一二

兩個朋友，常不相見；拆去牆頭，立刻會面。

四畫

一三

三橫一直落，若作王字揣(1)，聖人揣不著，誰人揣得一半著，自然一生都安樂。

【註】(1)揣讀若團。

一四

一件物，八隻脚，面面都有角，面面長短脚。

一字四十八個頭，內中有水

水不流。

一隻東西八隻脚，一隻眼睛四個角。

一字四十，八個頭，裏面有水水不流。

一五

兩個小蟲抬一根槓，一個小蟲立在槓上。

兩個蟲子抬一根槓，一個蟲子立在槓上望。

十個少四，像個大字。

一點一橫，兩個卵子一碰。

一六

家有一條牛，打死不出頭。

一七

一字十二點，隨你書上選，憑他好生員，也要猜三年。

一直三横，非主非王，若認丰字，更屬荒唐。

一八

大丈夫不得出頭。

一九

一人別未有，一個卵子拖的走。

人字加兩筆，除去从仌今介天夫天恐怕少人識。

二〇

天高不爲高，比天更覺高。

二一

尨去三撇，犬多一灣；到京可就，猜個頑頑。

二二

箭在弓上。

二三

一鈎三個蟲，一個落鈎中，一個飛向西，一個飛向東。

二四

明月沒有。

看時圓；寫時方；寒時短；熱時長。

魯家無魚，昌少半截；出頭一丈，不見星月。

二五

朋去一半，連日成明；到了十五，獨眼圓睜。

三口疊一塊，莫當品字猜；若當品字猜，你是笨小孩。

二六

南方有一人，身背兩葫蘆，愛的是山上木，怕的是洞庭湖。

二七

本字多一横；大字少一直；禾字多一撇；才字少一捺。

棠梨尚被風吹去。

二八

風吹皮皺，雨落生瘡，可以生吃，可以燒湯。

二九

土字上多一横，玉字旁缺一點；如能伸出頭來，定是一國之主。

三〇

半點也沒有。

半個也不到。

五畫

三一

二十又加七，本來二十七，碼號看不明，誤作三十一。

三二

昨日不留。

三三

兩個人，趕一隻鳥；一個灣腰，一個跌倒。

三四

空腹不做工，撥開兩腳去通風。

三五

伍無五，地無土；共一堆，眞非我。

三六

左看二十一；右看一十二；合起來，二百二十二。

三七

老牛生得惡，多長一隻角。

三八

君不君，臣不臣；父不父；子不子。

三九

一母所生十二，我身排行第四；南山猛虎爲兄，北海蛟龍爲弟。

四〇

舌頭沒有。

四一

人熟名不熟，想問無口才到去拆張卦，歸(1)來已走開。

【註】(1)歸諸圭。

四二

六十公公，把頭一縮；猜不着他，罰一碗粥。

八十多了一橫；六十少了一
點。

四三

一隻黃牛要過河，兩個尾巴
順地拖；你能猜得着算是我哥
哥。

四四

一口廣鍋炒黃豆，鏟穿鍋底
不會漏。

四五

一字十三點，四書儘你揀；顏
回問孔子，孔子翻白眼。

一字十三點，字典都難檢。

四六

一字十二點，四書隨你選；若
是檢不出，還要檢字典。

四七

黃牛坐板凳。

四八

黃牛立在一根橫木上。

一月並一月，一月少半邊；上有可種之田？下有長流之川。

一字兩個月，勿作朋字論，你若讀朋字，眞正小飯桶。

兩月相並背，莫作朋字揣。(1)

【註】揣通團。

四九

四面包圍都是山，山山都有一重關。

四面皆山。

五〇

既有頭，又有尾，當中生出四張嘴。

五一

百中無一。

一不成功，百不成功。

五二

一個長方，劃作三個小方。

六畫

五三

遠遠看去像你爸，行前看到脚下都也像你爸，笠帽丢呀撇眞眞像你爸。

五四

分開來，兩横三直；合起來，就成三十。兩横三直，拚了起來，就成三十。

五五

此人不要臉，天天靠個犬，我

今將你勸，趕緊把他遠。

兩人去映相，一個企側向，映出正中一個大人，額上有瘻一樣。

五六

左邊一人，是他中表；四位弟兄，排行二丁。

五七

形似烏龜養命寶，一日三餐不可少。

十字街口四點粒，那個猜得做飯喫。

五八

拿不出手。

五九

圍牆肚裏一口塘，塘邊灰路白如霜。

六〇

一叉十分之一尺。

六一

雙生兒女結公婆，同行同櫈坐。

六二

空山裏面有口井。

六三

一邊是水；一邊是山。

六四

兩小個。

六五

水邊有人做工。

七畫

六六

彩票連中兩條。

上一口說是在中，下一口也說是在中；用長鎗把兩口戳通，又都喊道：不中不中。

六七

歐洲種。

六八

天棚去蓋，拖斷一索，旁人不打理，工人匠劈角。

六九

尋人出賞格，此字眞難測。

七〇

牛少半截，下生一口；非不靠他，罰酒一斗。

一隻奇怪牛，無尾獨有頭；嘴巴生在尾，全身不見腿。

七一

花面四角方，裏面荒涼，只有

棵樹，種在園中央。

七二

兩人立土上，彼此常盼望；相隔一條線，終身看不見。

七三

一個女子不害羞，合個少年滿街遊；上邊捧之就親嘴，下邊就使腳尖勾。

七四

不要口，搖搖手；出了頭，街上有。

七五

木字有一口，奉請你來猜！既不得猜杏，又不得猜呆。一木口中栽，不是杏字也不是呆；若是當作困字看，那還是沒有猜出來。

七六

是主非；銀子拿出，金子收藏。

七七

上來說是八人，最後只有一口。

七八

連中三元。

七九

二十五家田土相連。

八畫

八〇

上下村地方一樣，左右鄰丁口相同，中心一條十字路，四圍有栅不相通。

啞子沒有口；惡人沒有心；中有十字路，四面不能行。

一橫一直，一直一橫一直，一橫一直，一直一橫，一直一橫，一直一橫。

無頭又無脚，十字口中截；若把田字猜，笑他沒肚才。

啞子無口講，惡人心不良，十字街心相撞，四面包圍不放。

十字在空中，周圍不露風，若作田字猜，眞眞大不通。

八一

大字有頭；中字無心；小字全身。

八二

三人共把遮，一人柄上拿，遮布忽脫頂，兩人頭上遮。

八三

小人小的的，剛剛高尺一。

八四

頭是老鼠，尾是老虎。

八五

一點一橫長，二人站中央，直柱頂橫樑。

八六

一家十一口，坐的沒底牢。一家十一口，住在圈子裏；不是底下通，險乎不得走。

八七

十女同耕半畝田。

八八

一點一畫，拖刀割麥，等得人來，割倒兩堰。

八九

千個頭，八個尾；生一子，實在美。

九〇

大口在下，小的在上；大口不封口，小口裏面藏。

小字在樑上，兩個口字不一樣；大口少一橫，小口肚中藏。

九一

人王頭上一枝花，兩個跟隨送到家。

九二

太陽和月亮結婚。

九三

一月復一月，兩月共半邊。

九四

楓外無風，旁邊站個公公。

九五

樊家去一人，又失兩根叉；又要得回來轉，斧頭去代他。

九六

兩個銅圓，缺少兩文。

九七

我在牀上做一夢，牀兒同我缺一半。

九八

竹林七賢，已去其五。

九九

一個人掮根櫟；頭上頂隻沒尾羊。

王大雖不惡，頭上生兩角。

一〇〇

人騎羊，羊沒尾；兩角腰間插，人人都愛他。

一人騎隻沒尾羊，兩隻角插在腰間；人人愛，人人想。

一〇一

兩根旗杆六個斗，當中有路無人走。

三兩一，一兩三，算來三兩二錢三。

左邊看去三十一，右邊看去一十三，整個看去三百二十三。

一〇二

獨脚架下，一口方塘；兩級梯兒，做個橋樑。

一〇三

土地伯公拿張刀，日頭想高不敢高。

九畫

一〇四

左邊來一人口下生一木；若說是呆子，一打頭一縮。

一〇五

一人有三十，到處無阻隔。

一〇六

女人睡覺，得了一兆；請你猜猜，你必發笑。

一〇七

王家女子頭戴花，有人識名就嫁他。

一字不在家，二字去尋他，三字落王家，王家有箇女頭，戴兩朵花。

八個王爺姘一女，弄的不亦樂乎。

一〇八

可笑屈大頭，出去滿街游；買來一斗米，險乎被人偷。

一〇九

十五日。

一一〇

上面看似三十九，下面看似一十八口裏常常會，心裏不敢訣。

一一一

雙目(1)不成林。

【註】(1)目諧木。

一一二

減去一十八，剛剛斤一兩，誰人算得出，黃金萬萬兩。

一一三

狗在洞裏。

一一四

問你是何人，亂入他家門，不是躲的好，沒處去藏身。

一一五

香几肚裏，生了一蟲；烏雲四起，其聲嗡嗡。

一一六

查先生，眞奇怪！足下的鞋，在頭上歪戴。

十畫

一一七

半眞半假。

一一八

二十一日，來了一人；要請諸葛，燒去曹兵。

一九

是非只爲多開口。

二〇

一個字，兩個口，下面還有一隻狗。

怪道犬咬人，頭上兩張嘴；你能猜得着，送隻大火腿。

二一

此子太離奇，只裏半邊絲；不是爹爹護，你父定不依。

二二

三人同行，其我一也。

三人共帶一把遮，兩個空手一個拿。

二三

眞正妙！眞正妙！一個心兒五個口，誰說不是怪相貌？

二四

上有蘇秦說順六國；下有霸王力舉千鈞；左有孔明手指屈算；右有子牙斬將封神。手能安邦定國，口能談天說地，力能拔山舉鼎，刀能斬將除奸。

一二五

好朋友，怪朋友，八十二個人，只有一只手。

一二六

東方紅日出，量量十一寸，晝夜二十四，請你認一認。

一二七

桂香時候。

一二八

橫看十八豎看十八，總共六八四十八。

一二九

你打我兩拳，我踢你一腳；你是乖橫人，我與母親說。

打你兩拳，踢你一腳，不怕你是橫人，不怕你回家去哭訴母親。

打汝兩拳頭，踢汝一腳尖，因爲汝不成人，再來投汝母親。

一三〇

三人一處行，腿襠水淋淋；若把秦字猜，此人定不明。

立春無日出，雨水做烏陰。

一三一

四面八方不透風，大人被困在當中；其餘三面尚無事，只有一面用火攻。

一三二

一點一畫長，拖刀到西陽，西陽有餅(1)賣，兩文錢一塊。

【註】(1)餅，諧丙。

一三三

上面身體不曲，底下生出八足。

一三四

一面是硬，一面是軟；軟硬的做堦，軟的做鞋。

一三五

曰字加直不加點，莫作田中甲中算。

一三六

二橫大；二橫小。

一三七

無偏無陂，無反無側。

一三八

小小狗，眞凶惡！眼睛上面生隻角。

一三九

誰說蛇無脚？無脚怎能行？

一四〇

矮子生在小人國，人類之中矮至極。

一四一

一隻小帆船，載着一粒米；向

東又向西，不知到那裏。

一四二

猜中一個字，賞銀七兩二。

一四三

一點一橫長，口字在當央，大口不封口，小口裏面藏。

一點一畫長，攙梯上屋櫟，三面大圍牆，中心一口塘。

十一畫

一四四

十個人話愛挖，十個人話唔愛挖，一個唔成人走來，盡挖盡挖。

上村十人話愛挖，下村十人話愛挖，雖然話愛挖，不肯不敢挖，隔壁賊古不成人，有人。

一四五

這半邊看去，是古文；那半邊看來，是古人；把中心抽掉，又變成文人。

一四六

一口人耕田一坵，钁頭⑴棍子隨時有。

【註】⑴钁頭俗稱脚頭。

一四七

一點一橫長二八在中央，再加一口半，任你仔細詳。

一四八

話不投機半句多。

一四九

兩根木頭，追趕猛獸，彪被捉住，虎已逃走。

一五〇

四人同出門，兩個跟踪走，兩個有事停留，等到十一正走。

一五一

一槍戳了兩口，幸虧未入中心。

一五二

半推半就。

一五三

拳師無軍械，專逞拳頭大。

一五四

一字六直七橫。

一五五

海邊無水生了一木；臘月開花，清香滿屋。

一五六

五十八口，共居一處；秋雨來時，其聲如訴。

一五七

一字十一筆，無橫又無直。無橫無直無勾體，不多不少正十一。

一五八

五個十字一個口字。

一五九

人只一寸高，竹子上面搖；有人猜得着，手巾送一條。

一六〇

上面會飛；下面會站。

一六一

小小狗，小小狗！二十隻脚；二十隻頭。

一六二

三七二十一，三七二十一，二五得一。

上面看去二十一，下面看去三十一，行前看去像枝筆。

上面看去二十一，下面看去二十一，行前看去，又像一枝筆。

一六三

半截牛，日夜愁；會講話，沒舌頭。

一點一畫長，二字口來張，牛牯想相鬥，幸得角不長。

一六四

一隻小帆船，載着一顆豆，也不望前行，也不望後走。

一六五

一點一畫長，撓梯上城牆，遇着孔夫子，耳公拖到一尺長。

高小姐探頭相窺；李小姐半身透露；陳小姐側耳傾聽。

一點一橫長，口字在當央，孔子在下望，耳朵拉多長。

一點一畫長，撓梯上屋樑，梯下一小子，耳公齊地長。

高翁的頭，李翁的脚，陳翁的耳朵。

一六六

十字口中栽，無頭亦無尾；如把田字猜，便是大書獃。

四面不透風，十字在當中，無頭又無尾，莫當田亞猜。

十字在口裏，無頭又無尾，若作田字猜，任猜不對題。

十字在口裏，無頭又無尾，若作田字猜，便是呆秀才。

十二畫

一六七

也不是我，也不是汝，究竟是誰，請問弟三者便知。

一六八

十五個人，抬一個字，抬到魯國問孔子，孔子說那有這個字。一個大人，在十字街頭，捉住四個小人。

一六九

何時請客？二月十八，請多少客？朋友十八。

一七〇

上看十一口，下看二十口；一共合起來三十一個口。

一七一

我家有一女，年紀廿三歲，脚也生得小，問你要不要。

一七二

筆架山因風吹倒，長江口水無半點，木無半枝。

太平山被風吹倒；長江水點點全無鳳凰嶺鳥已飛去；杏花村百木不生。

一七三

看見一毒蟲，形狀實在兇，項上生個口，腰旁帶張弓。

一七四

愁人心動。

一七五

文武雙全。

一七六

點鐘七十二，任君猜一字。

一字九橫六直落，七十二賢揣唔着，後來去問孔夫子，想了三日正揣着。

一七七

頭上日，業已出，到南京，天未黑。

一七八

雙十國慶。

一七九

控訴不准。

一八〇

立在寺前等等哉，十拿九穩他要來；情人得見情人面，合意同心喜在懷。

一八一

草坪下，一條樹，白頭翁，飛過樹，脫去鵰毛走無路，又無鵰籠好居住。

一八二

街上有頂白草帽，金錢買來壁上鈎。

一八三

萊字添一筆。

一八四

雙十節。

一八五

兩隻眼睛，一橫一豎；兩條眉毛，顛來倒去。

一八六

一點一敲，王子高高；轉灣摸角；四個小脚。

一八七

張飛力氣很大，劉備口說不怕；關公眉清目秀，孔明胸藏八卦。

目字加兩點，不作貝字猜。

十三畫

一八八

兩點一直，一直兩點。

一八九

一點一橫畫，兩點也一橫畫，雖然點畫少，兩目正寫了。

一九〇

木字旣寫了，又添一口來。若作杏字猜，眞是呆秀才。

一九一

路邊一條狗，追去不見走，追到街市頭，一點影都無。

一九二

匈奴壁。

一九三

分明不是血，頭上一點確是血，若作血來看，便是癡呆漢。

一九四

一十八個女子，失去了頭。

小人出外去閑遊，手拿弓矢追走獸；八千人馬層層疊，下面立定一女流。

一九五

紅娘相打，工人去救，一個闕耳，一個跛手。

一九六

昔時皇帝今可憐，竟與山羊共頭眠。

一九七

東邊一張耙，西邊一張耙，一放放在草堆上，不得上來，不得下。

一九八

一隻老虎，有頭沒尾；飛奔天上，張著大嘴。

一九九

水陸並進。

十四畫

二〇〇

一塊磚頭一塊瓦，日字拉着月字打；大字就來拉，一碰碰個大疙瘩。

二〇一

大回廊包小回廊，中間又做十間房。

四個口字，一個十字。

二〇二

一點一畫長，拖刀落較場，腰間插羽箭，一人帶三鎗。

二〇三

東邊來一隻狗，西邊來一隻狗；形狀雖各不同，話語倒很相通。

二〇四

初立江山不用刀，大清天下無人了；中華去了項天柱，思想起來吾心焦。

二〇五

兩條桅杆夾，晒頂大笠帽，凹上一條樹，凹下一個耙。

二〇六

竹子一窩，數目不多，在我看來，只二十顆。

二〇七

主人翁，八十八；一輪月，底下壓。

二〇八

項王已死。

二〇九

草頭最高，割不好燒，是我朋友，都要代刀。

二一〇

提筆先寫二月天，五行之中吾爲先，腰間常帶雙股劍，漢朝江山萬萬年。

二二一

古人造字，有點主意，口口稱三王，口口說五帝。

二二二

兩口兒猜拳：一個說五；一個說八。

二二三

一點一畫長，二字口來張，裝倒不要，丟落牛喙。

二二三

路上有人走，小月坐在腿；你若猜不着，罰你一碗水。

二二四

閒門推去月，攢進小蟲來。

十五畫

二二五

一個人，單隻目，妄想上西天，站定八字足。

二一六

屈大人，出去跳，復進來，腳上套。

二一七

一點一橫長，一撇甩過黃；念拾一畝田，八人來栽秧。

二一八

一點一橫長，一筆飛過牆，十字對十字，日頭對月光。

一點一畫長，拖刀入較場，時逢雙十節，日月大增光。

二一九

徐州失落一半；呂布失落方巾；罵聲曹操下馬；張飛悶出轅門。

二二〇

巴掌三條毛，害人不用刀。

二二一

左十八，右十八；二四得八，一八如八。

二三二

一字六直十二横，認得字識，讀得書成，兩人同認認不識，一人眼珠瞎了一。

二三三

頭頂天花寶蓋，項下八字分開，見人躬身施禮，家中少米無柴。

二三四

十口人買米一合，食哩一月，米還無蝕。

二三五

勸人不要言，言多必吃苦，旁邊有一家，連被兩把火。

二三六

生員與和尚角口，和尚不成和尚，生員不成生員。

和尚非和尚，生員非生員；若是得着他，沒有不喜歡。

二三七

一字生來奇怪！腰中長出眼來；頭頂三十二兩，足下八字排開。

一個字生得太古怪，肚皮上長出眼睛來，頭頂三十二兩，腳下八字分開。

頭頂兩斤重，腳穿八大麻鞋。怪哉！怪哉！當中長出眼來。

二二八

八字笑洋洋，酉字安中央；大字底下住，耳字站一旁。

酋長大王，耳朵很長；長出在何處？百家姓上。

二二九

開銀行，做生意，食本飯，做本事。

二三〇

出錢爲功德。

二三一

兩個老鼠屎，培倒一坵田，打

倒四擔穀，曬到日落西。

十六畫

二三二

地位不在南西東，四方田土在當中；專制君王今沒有，各種政事與民共。

二三三

兩人兩土兩個口，無論貧富家家有。

二三四

家住在橫山，開爿小米棧；分文來不取，可以大發財。

二三五

馬上簪花走，馬也大快心。

二三六

手外有三口，木字在下頭。

二三七

一木在天邊，三口不得全；你若知道了，擺渡不要錢。

二三八

秋季無禾割，將田來種菜，菜頭草易生，有草無人愛。

二三九

一字十六筆，無橫又無直。

二四〇

八根木長成簇；禿尾羊，四個足。

二四一

上鄉一塊田，下鄉一塊田；田外有界線，田上草芊綿。

二四二

一個字，兩下分；翰字旁邊少一韋；人字底下羽一根。

二四三

一點一畫長，二字口來張，田在高山上，月在脚下光。

二四四

頭子宴⑴宴，背子駝駝，背負擔竿，艠⑵個油籮。

【註】⑴宴，宴頭傾。讀若子。⑵艠，艠音鄧，

作擔解。

雙戈原是金製成。

二四五

此魚我包好吃。

十七畫

二四六

一點一畫長，拖刀斬蔡陽，劉備家(1)人來報信，心肝底下亂忙忙。

【註】(1)家，家諧佳。

二四七

你瞧你瞧；兩根本捧，一桿長矛，齊在心上搖搖。

二四八

土地伯公耕坵田，總共耕了二十八年，貟張鑊頭來邏水，背上被人劈一刀，頭上被人打一拳。

十一坵田，二十一份，分耕不匀力砍去，無刀叉逞干戈利。

二四九

一棵樹；兩張嘴；三個人。

二五〇

一座花樓高高，忽然樓上火燒，惹得樓下蟲兒悲叫。

二五一

賣酒不攙水，天天靠苦鬼。

二五二

佳人口下生了虫。

二五三

半面有毛半面光，半面美味半面香；半面放在山坡地，半面常在水中藏。

半邊有毛半邊無；半邊腥來半邊臊；半邊水裏常居住；半邊山上吃青草。

十八畫

二五四

家住横山，開爿米店，分文不取，大發其財。

二五五

一個字，十八筆；既沒勾，又沒踢。

二五六

一共兩丰，並入山中；有柯豆子，已長成功。

二五七

溪邊無水，來了佳人，頭頂紅冠，身披毛巾。

二五八

天字不是天，八字分兩邊；好個梅花女，站在鬼面前。

抓陰差，去捉人。

千字頭，八字尾，生女兒，把個鬼。

千字不相千，八字排兩邊；好個風流女，却被鬼來纏。

禾字靠邊口，女字靠頂底，其餘無一人，祇靠一個鬼。

十九畫

二五九

一點點上天，烏雲遮兩邊，王子去求仙，遇倒爾小生，目蓮去救母，遇到八神仙。

二六〇

一隻大手眞大！上面林木交加；中間門著十字花。

攔頭兩乂，二木分家，一人蹺腿，手捧梨花。

二六一

頭上兩分口；中間四合口；口足下一小口口旁有隻狗。

一家有三口，種田僅一畝，自家無飯吃，還要養隻狗。

一家有七口，種田只一畝，吃口已是多，還要養隻狗。

二六二

側眼看紅娘，紅娘半掩妝，欲見崔鶯面，崔鶯未梳妝。

二六三

一隻老母雞，放在火上燻。

二十畫

二六四

兩口朝天，有橫大點；一撇過去，勇敢無比。

二六五

一個大寶蓋，蓋住八十一個賣買。

二六六

蔡公去祭忠臣廟，曾子回身日落山，竹馬不騎留四脚，路旁和尚口難言。

二六七

有夫人，戴雙花；趁月色，騎駿馬。

夫人轉外家，頭上插兩花，[illegible]哩一個月，騎轉一條馬。

二六八

一大一小，一跑一跳，一個食人，一個食草。

一個大，一個小；一個跳，一個跑；一個吃人血，一個吃青草。

二十一畫

二六九

三個一升一，不是三升三，無個硬口訣，到底會人詒(1)。

【註】(1)詒，讀台上聲，江南呼欺曰詒。

二十二畫

二七〇

和尚頭，打赤腳，庵中放有四方棹，隨便喊人來湊棹。

二七一

一點氣周瑜，三個英雄劉關張，口論英雄曹操，十萬兵馬難當，一國都不造反，四川立帝爲王，目見火燒赤壁，八千子弟投降。

二七二

上身像狗，下身像馬，不認毛

文，斷然認差。

腳踏馬屎傍官勢，講話句句有文氣，雖然有文氣，總帶馬草氣。

二十四畫

二七三

言大娘，木上站，一根絲，分兩瓣。

二七四

三口向天求雨，兩人對面工作；有人猜中此字，讀書就算不錯。

二十五畫

二七五

八歲入學堂，十歲始開口，廿一歲還係讀個學而頭。

二十六畫

二七六

北有一塊田，共你各欣然；看見一騎馬，日日在田邊。

二十七畫

二七七

不是魚中王，不敢漂大江，魚王看得出，四個喙昂昂。

二　二字謎

二七八

汝像我，我也像汝，汝弟六，我也弟六，汝識天文，我也識地理。

你排行弟六，我也排行弟六，你也好像我，我也好像你，你就講天文，我就講地理，算到明年交好運，兩人出來做生意。

二七九

一人有卵子，一人沒卵子。

二八〇

懶做莊稼不使糞，耕種鋤挖淨糊混，都說不成稼莊手，每年他也把節論。

二八一

一個字兒生得惡，四張嘴兒一隻角；一個字兒生得惡，六張嘴兒兩隻角。

二八二

男女二人並肩坐，到了酉時遇了鬼。

二八三

一半畜生一半人，這個畜生會看門；一半畜生一半人，這個畜生會耕田。

二八四

多一筆，只能教幾個小小子弟，少一筆，反能領十萬雄兵。

二八五

目字加二筆，不作貝字猜；貝字欠二筆，不作目字猜。

二八六

雨下田裏人在門裏；你能猜着，把你送到城裏。

二八七

四口一十，一口四十。

二八八

四事我皆能，子字腰間去根繩。

二八九

有四個紅粉佳人，皆拿的雪白手巾。

三　三字謎

二九〇

七把刀；八把八；臨去還有一把刀。

二九一

我家有一匹怪馬，怪馬後頭拖一付怪車；怪車後頭跟一個怪人。

四　四字謎

二九二

百萬軍中折白旗；天高人去

兩分離；吾人不許多開口；罵得將軍沒馬騎。

百萬雄兵捲白旗；天下大事無人知；秦王殺了余元帥；罵陣消了把馬去。

二九三

隊伍存一半；朋友有一半；仇人少一半；光明得一半。

二九四

二人無頭；一人歪斜；僞人隱沒；老翁羽化。

二九五

二人相打打破天；十女耕田田半邊；我愛騎羊羊騎我；千里姻緣一線牽。

二九六

無心保國不爲忠；革命共和十月終；天下太平缺一點；四面圍住不通風。

二九七

上下兩相連，和尚去耕田，衡州無魚賣，日出寺門前。

二九八

一字上有牛，舌邊有水流，西方有一女，女子共一頭。

二九九

通上不通下；通下不通上；要通上下通；不然全不通。

三〇〇

道士腰中把眼睛；擇帽去撲女花容；口字漏出小國女；立字心中一日生。

三〇一

巖下女子笑微微；白鶴含絲木上企；一人正在良間過；五更三點正酉時。

三〇二

沒脚的兒子；戴帽的姑娘；橫流的江河；倒開的杏花。

三〇三

人王肚裏一對瓜，一只狗虱咬王爺，三月二十落大雨，小圍牆口土塡沙。

三〇四

女子同眠兩又齊；肩人挑扁擔；月去耳邊。

三〇五

一人一口一個丁；竹林有寺却無僧；女子遊春並肩坐；二十一日酉時生。

三〇六

十人八張嘴；小人張半嘴；一人一張嘴；兩人半張嘴。

三〇七

三人同日去看花，百有(1)餘年共一家，禾稈正同柴火近，夕陽橋下兩堆沙。

【註】(1)有諧友。

三人同日去看花，百友田園共一家。禾火二人相對坐，洛陽橋上一雙瓜。

三〇八

虫入鳳凰飛去鳥；七人頭上長靑草；大雨下在橫山上；半個朋友不見了。

虫啣鳳凰飛去鳥，七人頭上一把草；大雨落在橫山上，朋友一半不見了。

茶几縫中藏一蟲；七人頭上草叢叢；大雨落在橫山上；良朋

一月不相逢。

三〇九

七個人八隻眼睛；十個人也是八隻眼睛；西洋人也是八隻眼睛；家裏母親也是八隻眼睛。

三一〇

蒔(1)完一口四方田，女人有口就難言，十人同在田中過，三人跪在母面前。

【註】(1)蒔諧示。

三二

言對青山青又青；二人土上說原因；三人騎牛少只角；草木之中有一人。

（乙）字谜谜底

谜次	谜底
一	一
二	七
三	人
四	八
五	十
六	卜
七	丈
八	三
九	丸
一〇	也
一一	口
一二	小

谜次	谜底
一三	幸
一四	井
一五	六
一六	午
一七	斗
一八	天
一九	太
二〇	夫
二一	尤
二二	弔
二三	心
二四	日

谜次	谜底
二五	月
二六	火
二七	木
二八	水
二九	王
三〇	牛
三一	世
三二	乍
三三	以
三四	穴
三五	他
三六	北

中華民國二十一年七月印刷
中華民國二十一年七月出版

民間謎語全集（全一冊）
（每冊定價銀八角五分）
（外埠酌加郵費匯費）

編輯者　朱雨尊
校訂者　滑秉忠　朱公振
出版者　世界書局
印刷者　世界書局
發行所　上海暨各省　世界書局